MO Yan

La Carte au trésor

Récit traduit du chinois
par Antoine Ferragne

Éditions
Philippe Picquier

DU MÊME AUTEUR
AUX ÉDITIONS PHILIPPE PICQUIER

Le Radis de cristal
La Joie

Titre original : *Cangbao tu*

Mas de Vert
B.P. 20150
13631 Arles cedex

En couverture : Guo Wei, *Interior with Mosquitoes and Moths*, 18, 2002 © Galerie LOFT, Paris

Conception graphique : Picquier & Protière

Mise en page : Ad litteram, M.-C. Raguin – Pourrières (Var)

ISBN : 978-2-87730-872-4
ISSN : 1251-6007

Cette histoire, du début à la fin, ne contient qu'une seule parole vraie – cette histoire, du début à la fin, ne contient pas une seule part de vrai.

C'est dimanche, le boulevard est bondé de voitures, les minibus foncent à tort et à travers, les taxis s'engouffrent dans le moindre interstice, les bicyclettes se jettent en travers de leur route, et moi je baguenaude sur le trottoir, vaguement hébété, croisant des badauds qui vont et viennent, des étrangers tous autant qu'ils sont, qui m'ignorent comme je les ignore. Soudain, voilà qu'on me frappe à l'épaule, une forte bourrade qui m'envoie tituber quelques pas sur la chaussée. Un violent « hey ! » retentit derrière mon dos, en tournant la tête je reconnais mon vieux camarade d'école Make, le visage fendu de son énorme et célèbre bouche, ricanant.

C'est toi mon pote ? lui dis-je, comment se peut-il que ce soit toi mon pote ? Mais comment te trouves-tu ici mon pote ? et quand es-tu arrivé mon pote ? et qu'est-ce que tu es venu faire ici mon pote ? Il me dit : mon pote, à cinq cents mètres je t'avais déjà repéré, je t'avais pas vu depuis des années et tu as bien pris un peu d'embonpoint, mais ta démarche de canard elle n'a pas changé mon pote. Et moi : oui ma démarche ne changera jamais, tout juste comme ton énorme bouche ne changera jamais non plus. Voilà dix jours que je suis là, dit-il, mon premier but en venant ici était d'aller au zoo voir le tigre, le deuxième était de venir te voir toi, le deuxième étant beaucoup plus important que le premier. En arrivant le premier jour j'ai donc été voir le tigre, non seulement j'ai vu le tigre mais j'ai aussi vu la girafe et l'éléphant, j'ai vu le singe aussi, l'ours aussi j'ai vu. Aucun intérêt. Et le moins intéressant de tous c'était bien le tigre. Les tigres d'ici sont véritablement écœurants, couchés sur une fausse montagne de pierre à manger de la salade, ils mangent même du concombre et du chou, pas l'ombre d'un tempérament tigresque, pas une moustache qui tienne raide. Que le préposé aux cages leur jette un lapin vivant et les voilà qui pris de panique mouillent leur culotte et courent se réfugier dans leur grotte, à voir la scène on jurerait que le lapin c'est eux et vice versa. Dans la grotte des tigres j'ai vu une couette en laine bien étalée sur le sol, une télé aussi, accrochée au mur, on passait un porno, paraît que ça contribue à leur donner des idées, c'est que ces bêtes-là ont perdu toute capacité de s'accoupler. Après avoir vu le tigre je suis donc venu te chercher, avec pour toute adresse celle que tu avais laissée à tes vieux. J'ai frappé à la porte une bonne trentaine de minutes avant que par celle-ci à peine entrebâillée ne surgisse la tête d'une matrone aux tigresques canines – pas ta femme à ce qu'il m'a semblé – qui me demande avec une extrême férocité qui je cherchais, j'ai répondu que je te cherchais, elle a rétorqué que je me trompais de porte et elle a refermé la sienne. Comme je continuais de frapper, la porte s'est rouverte et cette fois c'est la tête reptilienne et triangulaire d'un homme qui a surgi – pas toi à ce qu'il m'a semblé – avec plus de méchanceté encore il m'a demandé ce qui me prenait, si c'était pas bientôt fini et s'il n'allait pas plutôt être obligé d'appeler les flics. C'est là que j'ai finalement compris que l'adresse que tu avais donnée à tes vieux était fausse et que la maison que j'avais trouvée n'était tout simplement pas la tienne. Tout d'abord j'ai pensé aller immédiatement acheter un billet de train et rentrer, mais qui l'aurait dit, je m'étais laissé étouffer mon portefeuille par un voleur. Je n'avais plus qu'à m'en aller vagabonder sur les trottoirs. Le jour je fais les restaurants, quémandant les restes, c'est un peu dégueulasse, ça n'en est pas moins très nutritif ; le soir je dors sous l'arche du pont, là-bas devant, c'est bien un peu frisquet mais il y souffle un air de première. Comme tu me trouves là, je meurs déjà de faim, je comptais me rendre au restaurant là-bas, *Aux Mille Bontés*, réclamer quelques friandises, et voilà mon pote que je t'aperçois à cinq cents mètres. Je me dis que ce genre de hasard il n'y en a pas deux, non. Cherché partout, partout introuvable, et voilà que je tomberais sur toi en plein boulevard ? Au début j'hésitais encore, j'avais peur de me tromper et de m'attirer tout un tas d'emmerdements, des coups, la mort, mais te regarder marcher quelques pas m'a suffi et j'ai su que j'avais bien affaire à toi. Par mesure de sécurité je t'ai pisté un bon kilomètre, me tenant juste derrière toi, à un pas tout au plus, te soufflant ma mauvaise haleine dans le cou, mais pas une fois tu ne t'es retourné. Tu ne te serais pas retourné, je t'aurais tout de même remis. Ton cou, tes oreilles, tes joues, enfin cette voix enrouée, ce raclement d'expectorations en attente, tout était là pour témoigner que tu étais bien toi. A ces signes distinctifs ajoute ta démarche de canard et c'en était bien assez pour me déterminer à te prendre par surprise et à t'en coller une. En ce qui te concerne tu peux bien appeler ça une chance, tu appellerais ça une calamité que tu n'y couperais pas non plus, en ce qui me concerne appelle ça comme tu voudras, j'ai remué ciel et terre sans le moindre résultat, et voilà que je te trouve, là, sans le moindre effort. Ne me demande pas je t'en prie pourquoi je suis monté à Pékin voir le tigre, pour l'instant ne me demande rien, quand bien même tu demanderais je ne te répondrais pas. Emmène-moi plutôt dans un restaurant manger un plat qui ne me fasse pas trop honte, j'ai une faim de loup. Je n'ai plus un fen sur moi, bien entendu c'est toi qui régales, à m'en faire crever la panse, et puis il va falloir me prêter de l'argent pour les frais de route, de quoi acheter un billet et rentrer chez moi ; si tu ne veux pas me prêter d'argent, je te suis et je viens m'installer chez toi. J'ai le corps qui me gratte à en crever, j'ai certainement des poux ; sous l'arche du pont j'ai dormi avec une dizaine de mendigots couverts de vermine. Tous les bons teinturiers te le diront : qui approche du charbon noircit, qui approche du cinabre rougit, enfin qui approche du clodo se couvre de poux. Qu'en venant habiter chez toi j'amène aussi un paquet de poux, tu accepterais que ta femme elle n'accepterait pas, ta femme accepterait que tes enfants eux n'accepteraient pas, vous vous forceriez que le cœur n'y serait pas, le cœur absent le visage se verrait obligé d'arborer un sourire contraint et parmi les misères humaines il n'en est pas de plus lamentable que celle-ci, en conséquence, si tu étais un type intelligent tu m'inviterais à faire un bon repas et ensuite, moyennant le prêt d'une somme modique, tu m'enverrais gentiment paître. Note bien, je te parle de prêt mais il n'est pas le moins du monde dans mes intentions de te rendre quoi que ce soit ; peu importe combien tu donnes, c'est comme de battre le chien avec une saucisse, tu ne reverras jamais la saucisse. Aujourd'hui, emprunter de l'argent sans le rendre c'est tout à fait en vogue, si tu as dans l'idée de me faire rendre la somme tu dois d'abord m'inviter au restaurant, voire me faire des petits cadeaux. Dans cette ville où je ne connais personne et où il n'a déjà pas été facile de mettre la main sur toi, tu penses comme je vais te laisser filer. Ose un peu décamper et je te poursuis, sans me presser, non seulement je te poursuis sans me presser mais encore je crie au voleur, et je m'en vais te tailler un costard crois-moi tu seras habillé pour l'hiver. Il se trouvera certainement quelqu'un avec assez de conscience pour m'aider et entraver ta route, et toi de lui en coller une et lui de te mettre la figure en marmelade à coups de pied. A voir comment les choses se présentent, je te conseille de bien peser le pour et le contre ; je te laisse trois minutes de réflexion. J'ajoute qu'hier encore j'ai entendu une bonne femme déclarer que les poux sont porteurs d'un nombre invraisemblable de maladies comme la fièvre typhoïde, la dysenterie, le choléra, la rougeole et très vraisemblablement le sida, réfléchis bien, il te reste deux minutes, attraper le sida c'est tout simplement obtenir un billet de première pour l'enfer, plus qu'une minute, toi qui viens à peine de passer la quarantaine ce serait vraiment trop bête de mourir ainsi, plus qu'une demi-minute, alors je te suggère de ne pas laisser la proie pour l'ombre, voilà, le temps est écoulé, as-tu bien réfléchi ?

En vérité c'est déjà tout réfléchi, la seule chose que j'ai à faire c'est de le conduire sur-le-champ dans le restaurant le plus proche, commander n'importe quoi de sorte que cette fripouille ait tant soit peu de quoi se remplir la panse, après quoi lui glisser quelques billets et ouste, envoyez-moi ça au diable, voilà mon meilleur choix. Il y a quelque temps, je feuilletais *Chanson de Jeunesse*[1], un roman très populaire de la période révolutionnaire, encore une fois j'ai pu relire cette scène où le couple de jeunes mariés formé par Monsieur Yu Yongze et Mademoiselle Lin Daojing se prépare à passer agréablement la nouvelle année dans sa petite maison de Pékin. La flamme s'embrase au cœur du foyer, la chandelle projette des reflets scintillants, de la marmite où cuit la viande se dégage un fumet capiteux, le vin rouge étincelle dans les verres, l'ambiance est tout simplement divine. Brusquement, portant sacs et besaces, amenant boue et pluie, un vieillard qui autrefois servait de valet de ferme auprès de la famille de Monsieur Yu fait irruption dans la petite demeure. Croyant pouvoir se débarrasser vite fait de lui, Monsieur Yu lui glisse dix yuans, l'homme ne s'en va pas, avec ça tenant un langage peu en rapport avec la circonstance qui plonge Monsieur Yu et Mademoiselle Lin dans un profond malaise. A ce point de la lecture, l'impression générale est que le comportement de Monsieur Yu est en tout point sans faute alors que Mademoiselle Lin est vaguement hypocrite, ce qu'en bon Pékinois on appellerait « une mal-baisée », et que le vieux enfin manque légèrement de tact, voire est un tantinet détestable, ou tout au moins sans la moindre grandeur d'âme. Bien entendu c'est quelqu'un d'extrêmement pauvre, mais en définitive on ne peut pas dire que ce soit un bon « paysan moyen-pauvre [2] », un bon « paysan moyen-pauvre » se doit d'agiter la palanche au nez du propriétaire, en aucun cas il ne doit ravaler sa colère et lui servir de main-d'œuvre, cela va sans dire, un bon « paysan moyen-pauvre » ça meurt de froid sans baisser la tête, ça meurt de faim sans plier l'échine, et puis qu'est-ce que c'est que ces façons de courir à couilles rabattues chez le propriétaire et de remuer la queue pour implorer la pitié ? Voyant qu'on ne lui cédait pas, que ses minauderies restaient sans effet, naturellement il commença à se plaindre que Monsieur Yu ne donnait pas assez et à ce moment seulement prononça des paroles un peu plus dures. Je le sais pertinemment, mon sentiment de classe a toujours constitué un sérieux problème, avec persévérance et opiniâtreté j'ai donc étudié ces livres où l'on traite de classes et de lutte des classes et mon niveau de conscience assurément s'est élevé on ne peut plus haut, mais aujourd'hui, face à ce sac à poux, à ce camarade de l'école primaire qui n'a pas hésité à faire des milliers de kilomètres juste pour venir voir un tigre, il n'a pas fallu plus d'une seconde pour que ce niveau de conscience déjà si pénible à hisser s'abîme au plus bas, plus bas encore que lors de la lecture de *Chanson de Jeunesse*. Plutôt que de laisser ce type fouler le seuil de ma porte, je suis prêt à aller jusqu'à lui payer un billet d'avion, c'est tout dire. Il est facile d'invoquer les esprits, difficile de les faire repartir, je suis tout à fait au fait de cette vérité, si je conduis ce type chez moi, si je lui laisse savoir mon numéro de porte, ma maison très vraisemblablement deviendra sa maison.

Au début je pensais l'emmener vers le nord de la ville manger de l'agneau grillé, mais passant devant un petit restaurant de raviolis je lui dis : écoute mon vieux, tu sais ce qu'on dit, « midi manger raviolis, minuit coucher ravi au lit », qu'est-ce que tu en dis, envoyons-nous donc une plâtrée de raviolis. Bon, dit-il, le mendigot n'a pas à se plaindre que les plats soient froids, mais je ne te cache pas que j'ai bien plus envie de me faire inviter à manger un canard laqué. Et le voilà qui sans plus tarir me fait part de son désir de canard laqué, citant au passage le mot de l'ancien président des Etats-Unis Nixon : « Ne pas être allé à Pékin c'est n'être jamais allé en Chine, n'avoir pas mangé de canard laqué c'est n'être jamais allé à Pékin, ainsi n'avoir pas mangé de canard laqué c'est comme de n'avoir jamais mis les pieds en Chine. » Je fais le sourd, ne cède en rien à cette palilalie sur le canard laqué tout en me disant dans mon for intérieur, c'est ça, va donc, tu m'inviterais toi à manger un canard laqué ? Et le voilà justement qui me dit : attends un peu la prochaine fois que je viens à Pékin, non seulement je t'invite à manger un canard laqué mais encore j'invite ta femme et tes enfants à manger un canard laqué ; non seulement j'invite toute ta famille au restaurant manger un canard laqué, mais qui plus est je commande quelques canards supplémentaires, que vous ayez de quoi continuer à vous bâfrer une fois rentrés chez vous. A cela il ajoute qu'en vérité le canard laqué c'est pas si terrible que ça, aujourd'hui les gens vraiment importants, les gens qui ont une situation, ne mangent plus de ces viandes grasses, aujourd'hui à Pékin, comme dans les autres endroits chics du pays, les membres de la classe supérieure préconisent la cuisine végétarienne, on mange des fibres, du sisal, du roseau, du cactus, rien que de la nourriture de haut vol, et dire que chez nous tous ces culs-terreux en sont encore à s'envoyer frénétiquement pattes d'ours, pieds de chameau, ormeaux et holothuries [3] à s'en coller des hypertensions. Que leurs mains se glacent, qu'il leur pète un nerf au cerveau et le bon peuple ne s'en portera que mieux. Mais tu sais vraiment tout, dis-je, où as-tu donc appris tout ce fatras de notions scientifiques ? Parce que tu penses, répond-il, que tous les paysans sont des idiots, n'est-ce pas ? Non, dis-je, le seul idiot ici c'est moi. Il me regarde avec mépris : parce que t'es pas un paysan peut-être ? Parce que tu crois que d'avoir deux appartements à Pékin, deux épis de millet accrochés au mur et le sol recouvert de plancher vernis ou de carreaux émaillés fait que tu n'es plus paysan ? Des paysans comme toi on les plonge trois ans à mariner dans un bain d'eau salée, trois ans à bouillir dans du jus de sang et trois ans enfin à rincer dans de l'eau minérale, une fois sec eh bien c'est toujours paysan. Oui oui oui, dis-je, ce que tu dis est on ne peut plus exact, je serai éternellement un paysan, alors la seule chose qu'un paysan peut se permettre de t'offrir c'est des raviolis, et disant cela de te le traîner à l'intérieur du restaurant de raviolis.

La devanture est plutôt étroite, à l'intérieur pas plus de trois tables et neuf tabourets. Un vieux couple tient le restaurant, le vieux a la tête entièrement blanche, la vieille le visage tapissé de rides, l'un et l'autre doivent bien avoir cent ans au moins. Au moment où nous entrons ils sont tous les deux assis dehors en train de fumer, lui la pipe, elle une cigarette, tout à fait indifférents à nous. Comme nous passons la porte, la vieille demande d'une voix claire et lumineuse très peu en accord avec son âge : deux personnes ? on mange des raviolis ? combien on en veut et quelle farce, les raviolis ? prendrez quelques plats pour accompagner ? de la bière ? De l'œil j'invite Make à commander. Tu me laisses commander eh bien je commande, dit-il, mais je parie qu'il n'y a pas grand-chose de bon ici. Il se tourne vers la vieille : qu'est-ce que vous avez comme farce ? On a du chou, du navet, du fenouil, on fait aussi trois légumes frais. On veut tout, tout, deux cent cinquante grammes de chaque sorte d'abord, et si ça ne suffit pas eh bien on en recommandera. Et de la farce à la viande de requin, enchaîne-t-il, vous avez ça ? et du crocodile ? et du tigre ? et du renard ? Rien, rien, on n'a rien de tout ça, la vieille secoue successivement la tête, en parlant elle tire le coin de la bouche vers le bas avec mépris : à notre âge on se demande bien où est-ce qu'on irait chercher toutes ces viandes dont vous parlez. Je sais bien que vous n'avez rien de tout ça, dit-il, ce que je veux dire c'est que si vous n'en avez pas, d'autres certainement en ont eux, les choses que vous n'avez pas mangées, d'autres certainement en ont mangé eux, vous les Pékinois vous vous imaginez que parce que vous vivez adossés aux murs de la Cité impériale vous êtes tout emplis de savoir et que vous avez tout vu, en vérité vous êtes les gens les plus bornés et les plus mal instruits qui se soient jamais trouvés sous le ciel de Chine. Et le voilà qui nous raconte en long et en large comment à Yantai chez un vieux camarade d'armes il eut l'occasion de manger des raviolis farcis à la viande de requin, comment à Canton chez un vieux camarade d'armes il eut l'occasion de manger des raviolis farcis à la viande de crocodile, comment encore dans les montagnes de Daxingan chez un vieux camarade d'armes il eut l'occasion de manger des raviolis farcis à la viande de tigre, comment enfin dans sa propre maison il fit l'expérience de manger des raviolis farcis à la viande de renard. De la viande de requin rouge vif, dit-il, des morceaux d'un demi-mètre d'épaisseur, débités spécialement pour faire des raviolis, un véritable délice. A l'époque c'était encore la Révolution culturelle, le kilo de requin ne se vendait pas plus de sept ou huit maos, et même à ce prix l'acheteur se faisait rare, les gens se plaignaient que c'était encore trop cher. La viande de crocodile elle s'achetait au liang[4], vingt yuans le liang, pour être cher c'était cher, mais pour un type plein aux as comme mon vieux compagnon d'armes, vingt yuans qu'est-ce que c'était ? Les raviolis à la viande de crocodile, vous dire en définitive à quel point c'est bon, j'ai bien peur que mon niveau culturel ne m'autorise pas à l'exprimer très clairement, moi qui suis pourtant diplômé de l'Université par Correspondance, un degré d'instruction reconnu par les Nations Unies, mais quand vous voulez par contre je vous emmène chez mon vieux compagnon d'armes, et sa belle-fille vous en fera cuire une pleine plâtrée. Les raviolis à la viande de renard eux sentent légèrement la pisse, mais il y a des gens qui aiment ça, le goût de déjection, comme par exemple dans notre bonne ville cette secrétaire du parti qui aimait tant le gros intestin de porc, au début pour lui plaire ces lèche-culs ont lavé la chose trois fois à l'ammoniac puis trois fois à l'eau salée avant de la rincer trois fois dans de l'eau de source de sorte que l'odeur de cul avait complètement disparu et que la secrétaire du parti brisa le plat de rage en les traitant de tous les noms : bande d'abrutis, fils de chienne, où est passée mon odeur de cul ? Profondément vexés, la fois suivante les injuriés non seulement ne lavèrent rien du tout, mais ils ajoutèrent même une grande louchée de chiure de cochon. A peine eut-elle trempé ses lèvres dans le plat que le visage de la secrétaire du parti s'illumina : avec des gens comme vous camarades, pas de critique, pas de progrès. A la suite de quoi le vice-directeur du bureau qui s'était autorisé à ajouter la louchée de chiure supplémentaire fut promu directeur du bureau. A consommer de la viande de renard donc, on émet des pets particulièrement nauséabonds. Un jour, comme je venais justement de manger des raviolis au renard et que je me trouvais dans le bus pour la ville, voilà que le petit gars qui vend des tickets me prend à partie et essaie tout bonnement d'extorquer mon argent, ça m'a contrarié et j'ai lâché un beignet à tel point puant que l'ensemble des passagers en a pratiquement perdu connaissance. Le conducteur, un homme en contact journalier avec l'odeur d'essence et doué d'une bien meilleure résistance à la puanteur, eut la présence d'esprit de freiner, de sauter du bus et de détaler vite fait, de sorte qu'il nous évita à tous un accident de la route. Maintenant, disons les choses comme elles sont, les meilleurs des meilleurs des meilleurs raviolis restent les raviolis à la viande de tigre. Et Make de raconter comment au fin fond de l'épaisse forêt de la montagne de Daxingan il possède un véritable ami. Jadis, se prosternant, frappant lourdement le sol du front devant un encensoir planté de trois bâtonnets, les deux hommes s'étaient juré une amitié éternelle. Ce type était un fusil hors pair, pour lui faire bon accueil, affrontant un danger mortel il se fraya un chemin jusqu'à un repaire de tigres où il abattit un redoutable mâle tacheté dont la queue, une fois coupée, ne mesurait pas moins d'un mètre, quatre-vingts centimètres encore une fois sèche. L'ami non seulement le convia à maintes reprises à manger des raviolis au tigre mais encore le pria d'emporter la queue avec lui et de la faire macérer dans de l'alcool à boire une fois rentré chez lui. Ces viagras, ces viagrettes, ces machins ne sont rien en comparaison de nos queues de tigre des montagnes de Chanbai, affirma son compagnon, c'est comme de comparer un pain à l'huile à une barre d'acier. Et Make de nous préciser que quant à lui il respecte bien trop l'institution du mariage et jamais ne voudrait offenser le ciel ou contrevenir aux lois, aussi préféra-t-il faire de la queue une ceinture. Au début il pensait descendre à Pékin la ceinture ceinte sur les reins (histoire de te faire voir un peu le monde) mais malheureusement il se la fit voler et dévorer par son chat, lequel avait certainement dû la prendre pour un poisson séché. Là-dessus il se passa un truc fantastique, parmi les chattes du village ce fut la débandade, très vite on n'en vit plus l'ombre de la moustache d'une, sous peu les chiennes elles-mêmes disparurent. A cent kilomètres à la ronde il ne resta plus que ce chat, seul et rongé de bestialité, dont les rugissements la nuit étaient si effrayants que les voisins en perdirent le sommeil. Le ravioli au tigre est le plus exquis des raviolis, cela va sans dire, c'est aussi celui dont les propriétés nutritives sont les plus riches qui puissent se trouver sur terre, cent pour cent de ces individus chez qui le niveau de conscience n'est pas suffisamment élevé prennent des libertés avec les femmes après avoir mangé des raviolis au tigre, lui-même sans avoir été jusqu'à commettre un crime de cette espèce après avoir consommé des raviolis au tigre trouva la chose particulièrement pénible à supporter, oui, en nage de la tête aux pieds, le corps si brûlant qu'il en émanait un filet de vapeur, c'est bien simple on aurait cru une turbine. Il n'eut alors d'autre solution que de suivre le conseil de son ami, briser la couche de glace qui recouvre le fleuve Heilong, sauter dans l'eau glacée et y rester à tremper, entièrement nu bien entendu. Sauter dans l'eau glacée du fleuve Heilong sans avoir mangé au préalable de raviolis au tigre c'est s'exposer à être transformé en sorbet dans les trois minutes qui suivent, mais lui au contraire trouva l'eau délicieuse. Comme il baignait dans son trou au milieu de la glace, l'eau du fleuve commença même à chauffer, il s'en dégagea une fumée qui de loin donnait l'impression qu'on mettait à bouillir de l'eau au cœur du fleuve. Hommes et femmes de tous âges accouraient à cette vision, même les vieilles mamies russes de l'autre berge venaient voir, certains allaient à moto, d'autres à cheval, plus nombreux encore étaient ceux qui arrivaient en traîneau. Il y avait des traîneaux à chevaux, des traîneaux à chiens, on voyait même des traîneaux à daims et des traîneaux tirés par des élans de Chine. Mais rien en tout cela de particulièrement neuf ni merveilleux, ce qui en revanche était tout à fait neuf et on ne peut plus sublime c'était cette grande jeune fille russe à cheval sur le dos d'un tigre, venue voir elle aussi. La bête était si docile sous son corps, on aurait dit un petit chat, à son cou pendait une rangée de clochettes en cuivre qui, quand elle courait, répandaient un son cristallin : dingdingdang, chantaient les cloches, dingdang, c'était on ne peut plus agréable à entendre. Pour quelqu'un comme moi, dit-il, quelqu'un qui a vu le monde et dont le savoir n'est pas négligeable, une adolescente chevauchant un tigre est une chose qui dans une certaine mesure peut passer pour étonnante en effet, mais de là à en faire une montagne, non. Il y en a cependant dont on ne peut pas en dire autant. Tout d'abord on les voit qui tournent de l'œil, paniquent, s'enfuient dans un désordre épouvantable, et puis très vite, voyant qu'il y a bien moins de danger qu'il n'y paraissait, les voilà qui reviennent, légèrement tremblotants, continuant d'observer la scène à distance raisonnable. Portant sur son dos cette adolescente à la beauté presque inhumaine, le tigre me faisait donc face, du museau des deux êtres s'échappait une vapeur très blanche, sur les sourcils de la jeune fille et pendant aux moustaches du tigre on pouvait voir de délicates perles de glace. Elle me parla beaucoup, un bredouillis, moitié chanson moitié incantation. Ah ! comme il est dommage que je n'entende rien au russe, papoter avec elle eût été une chose des plus plaisantes, sans aucun doute. Je ne comprenais pas un traître mot c'est certain, mais jamais je n'aurais eu le cœur de la traiter avec froideur, sans rien dire du fait qu'il me fallait encore prendre en compte la sincère, profonde et durable amitié qui unit nos deux pays, aussi je n'eus d'autre solution que de leur faire face, elle et son tigre, et de leur sourire. Je préfère ne pas avoir à rire, comme tu le sais la gigantesque béance que ma gueule de clébard offre en spectacle quand je me fends la poire peut sans difficulté engendrer quelque chose comme de la terreur. Quand je souris ça n'est pas joli non plus à vrai dire, c'est une chose qui me fera éternellement souffrir, mais dans certaines circonstances il faut savoir dépasser ces petites questions d'amour-propre. Ainsi je leur faisais face en souriant, elle aussi me faisait face en souriant, un sourire impossible à décrire, on ne peut que se livrer à des comparaisons, à quoi comparer ce sourire ma foi sinon à des raviolis au tigre, oui on peut définitivement dire que son sourire était aussi merveilleux que les raviolis au tigre sont délicieux ! Comme nous étions tous les deux à nous faire face en souriant de la sorte, le tigre lui pleurait silencieusement, deux ruisseaux de larmes venaient lui inonder la moustache qu'une langue pourpre sortait continuellement laper. Une langue couverte d'épines de chair, pour peu que vous vous laissiez lécher le visage vous voilà la moitié de la face retroussée, toute viande emportée, blanche ossature mise à nu. Au village il y avait un type, Xu San, soit dit en passant un lointain parent à toi à ce qu'il me semble, un beau jour comme ça il s'est fait emporter la moitié du visage par un ours aveugle, tu dois certainement t'en souvenir, eh bien la langue de tigre c'est encore plus tranchant que la langue d'ours, à l'occasion laisse-toi un peu lécher, tu verras c'est pas une partie de plaisir. Je savais pourquoi le tigre versait ces larmes, par ma bouche ouverte bien sûr il parvenait à sentir l'odeur de viande de tigre. D'abord, j'ai pensé que ce tigre et celui qu'on m'avait donné à manger roulé sous forme de raviolis étaient du même sang, mais c'est très peu probable, le tigre que nous avions ingurgité était un mâle, celui que chevauchait l'adolescente une femelle, c'est à quelque chose de féminin dans sa physionomie que je conclus que la bête qui ballottait dans mon ventre était très vraisemblablement son mari ; encore un cas de mariage transnational. Arrivé à cette conclusion je commençai naturellement à prendre peur, qu'importe que ce couple ait récemment divorcé ou bien simplement vécu séparé, chez les hommes comme chez les tigres, les règles de l'amour sont partout les mêmes : époux un jour, cent ans d'amour, j'ai mangé son mari il est normal qu'elle me mange, c'est dans l'ordre des choses...

La vieille nous porte des cacahuètes, l'assiette de peau de porc froid et les deux bouteilles de bière que Make vient de commander, elle recule ensuite de deux pas et, appuyée au chambranle de la porte, la tête légèrement inclinée, continue de fumer en soufflant bruyamment par la bouche, avec ça l'air d'un aigle plongé dans une profonde méditation. Grand-mère, dit Make, veuillez avoir l'obligeance de vous écarter un peu de nous, voilà plusieurs années qu'on ne s'est pas vus moi et mon copain, je suis sur le point de lui dire des choses de la plus grande importance et vous qui vous tenez là, debout, comme si vous montiez la garde, ça m'intimide et j'en perds mes mots. Vous parlez de moi ? demande la vieille. Bien sûr que je parle de vous, de qui voulez-vous donc que je parle sinon de vous ? La vieille fait une moue et sur ce s'esquive en direction de la pièce arrière où pif paf floc résonne sans interruption le bruit de la planche à hacher, signe que le vieux est en train de préparer la farce, entre deux coups de hachoir on entend la vieille dire à voix haute : pauvres et pédants, et ils se prennent pour des hommes avec ça ! Je croise les yeux de Make qui rit silencieusement, je le gronde à voix basse : « Avant le souper tu n'offenseras pas le cuisinier, avant le coucher tu n'offenseras pas ta bonne femme », tu crois que les raviolis seront encore bons à manger à faire le dingue comme tu fais ? Rassure-toi, dit-il, un peu moins de viande, un peu plus de légumes, le principal c'est qu'on s'en colle plein la panse, hein ? Et tu n'as pas peur, dis-je, qu'elle nous y flanque du croton, des mouches, est-ce que je sais ? Mais non, il ne faut pas croire que les gens sont aussi mauvais, les bons seront toujours plus nombreux que les mauvais sur cette planète. Puis le voilà qui, prenant des airs de patron, appuie sur mon épaule pour me faire asseoir. Et moi : assieds-toi donc d'abord ! Et lui : tu n'es pas assis, est-ce que j'oserais seulement m'asseoir ? Et moi : entre nous on ne va pas faire autant de manières tout de même, et de m'asseoir, et lui de s'asseoir aussi. Mon derrière est énorme et le tabouret très petit d'envergure, ce qui me met terriblement mal à l'aise, en même temps je n'ose pas dire que ce n'est pas confortable sinon à coup sûr il va suggérer que nous changions d'endroit. A cent mètres à peine se trouve un restaurant de fruits de mer, *Au Petit Port du Sud*, les fauteuils y sont recouverts de cuir véritable, mais une fois qu'on vous y a fait asseoir les prix vous achèvent sans l'ombre d'une hésitation, la plupart des gens qui vont manger là-bas puisent dans les caisses publiques, s'ils y vont de leur poche c'est qu'ils sont venus pêcher plus gros poisson encore.

Tout en versant avec dextérité la bière dans le verre placé sous mon nez, il me sort un :

« Verser de la bière oui, encore faut-il savoir incliner le cul, sans quoi ça se met à mousser et ça finit par déborder[5]. » C'est le genre de truc que j'ai déjà entendu quinze mille fois et il ose me le faire, c'est aussi plat par exemple que d'aller réciter le *San Zi Jing*[6] devant la porte de Confucius. Dissimulant le dégoût qui monte en moi je lève tout de même mon verre et dis : allez, vieux condisciple, cul sec ! Comme tu voudras, dit-il, cul sec, deux copains séparés comme nous depuis tant d'années, il faut boire à cœur joie, il faut boire jusqu'à en rouler sous la table ! A peine entends-je qu'il veut boire jusqu'à en rouler sous la table que mon cœur se met à battre la chamade, je me suis déjà laissé dire que ce type une fois pochetronné perdait toute notion de civilité, si vraiment il se soûle, très probablement mon projet de me débarrasser de lui au plus vite tombe à l'eau, aussi je m'empresse de changer de ton : pas cul sec, pas cul sec, il faut savoir boire avec modération, l'alcool nuit à la santé. Il me regarde avec curiosité et dit : mon pote, j'ai tout traversé, du nord au sud, de Nankin à Pékin, des pays les plus lointains au cœur de la Chine, et jamais je n'ai entendu dire que boire trop de bière était dangereux pour la santé, la bière qu'est-ce que c'est ? du pain liquide, la même chose que les petits pains chauds qu'on mange chez nous au village, en quoi ça pourrait faire du mal ? Ce que tu me sors là c'est tout simplement une énorme absurdité, un truc fallacieux inventé parce que t'as peur de dépenser de l'argent, alors qu'en vérité qu'on boive quelques cruches qu'est-ce que ça te coûterait ? Même si tu me payais à boire jusqu'à ce que mon estomac se dilate, jusqu'à m'en noyer la glotte, ça n'irait pas chercher plus loin qu'une dizaine de bouteilles, grand maximum, une bagatelle pour toi, le poil d'une vache sur un troupeau de neuf ! Allez, cul sec ! Et si tu bois pas c'est bien la preuve que tu as le dégoût du pauvre, que t'es un riche sans âme, que tu renies la terre de tes ancêtres, c'est que t'es un étouffeur d'épouses qui disent le vrai, comme Chen Shimei[7], c'est que tu es moralement dégénéré, comme Liu Jiemei ! Chen Shimei je connais, dis-je, mais Liu Jiemei c'est qui ? Avec violence il frappe sur la table : regarde, regarde, qu'est-ce que je disais, même Liu Jiemei tu ne sais pas qui c'est, visiblement ton état est déjà très avancé ! Comme il s'apprête à me parler de Liu Jiemei une mouche vient se poser sur son nez : ah – ah – tchoum ! et voilà le souvenir de Liu Jiemei qui s'envole avec l'éternuement.

Il fend en deux une paire de baguettes jetables et dit : mange, mange, fais pas de manières, c'est le genre de gargote où on ne vous servira bien entendu ni ailerons de requin, ni nids d'hirondelles, mais où les petits plats valent toujours le détour. En général tu peux te fier aux restaurants tenus par de vieux couples, en vieillissant le tigre comme l'homme ne mord plus personne, par contre, je t'avertis, si l'endroit est tenu par un jeune couple en aucun cas il ne faut y mettre les pieds, en-au-cun-cas, si malgré ça tu tiens mordicus à y pénétrer alors attends-toi à en ressortir couché. Pékin c'est la capitale, admettons que ça puisse encore aller, mais arrivé chez nous au pays, comme partout où on n'est pas à la capitale, sur la majorité des restaurants tenus par de jeunes couples, pour un tiers d'entre eux on se croirait chez les diables japonais du 731e régiment [8], pour un autre tiers dans la gargote de petits pains chauds de la deuxième fille Xun [9], et pour le dernier tiers à l'hôpital de Chengguan de notre district, un endroit qui tient plus de la planche à billets que de l'hôpital. Tu connais bien sûr l'hôpital de district de Chengguan, celui qui se trouve dans la grande rue derrière l'immeuble du gouvernement du district justement, un grand bâtiment rouge et cubique, de loin on dirait un énorme bloc de viande de requin, un endroit où médecins et infirmières en grande majorité ont toutes les caractéristiques des poux des poils de la pine, tous ils sont gros et difficiles à éliminer, le plus célèbre d'entre eux, le médecin chirurgien Zhao Trois Bouteilles – aujourd'hui vice-directeur de l'hôpital – est le petit frère de la femme du secrétaire de parti du district, si pour l'heure il n'est que vice-directeur il n'en impose déjà pas moins bien plus que le directeur lui-même, qui quant à lui lui obéit déjà au doigt et à l'œil. C'est un type énorme, dont la barbe tombe dans le cou jusqu'au poitrail, dont les poils du poitrail courent sur le ventre jusqu'à la queue, dont les poils de la queue descendent le long de la cuisse jusqu'au mollet, ce type a le corps tapissé de poils, rien par contre n'a voulu pousser sur la tête, là où d'ordinaire on s'attend à trouver des poils il ne lui en est pas venu un seul, et là où il ne devrait rien y avoir au contraire on trouve un pelage désordonné. Un gars comme ça aurait à interpréter un rôle de brigand que tout maquillage serait superflu, faites-lui incarner un Lü Zhishen [10] il s'en passerait tout aussi bien, faites-lui jouer les castrateurs de verrats il s'en passerait d'autant mieux. A l'origine, quand dans notre commune de Xiangyang il faisait encore office de vétérinaire, son fort c'était justement de castrer le verrat. J'en parle mais tu dois certainement te souvenir de lui, non ? ça te revient ? oui c'est lui, c'est lui qui, comme nous étions encore au lycée agricole, avait été invité à nous enseigner la castration du verrat, la discipline avait été créée pour l'occasion. Après les réformes qui ont suivi la Libération, son beau-frère, un vrai découvreur d'hommes celui-là, le promut médecin chirurgien de l'hôpital de Chengguan et c'est là qu'il a commencé à opérer les gens. En vérité, le gars était un malin qui sans vergogne opérait déjà bien avant de faire son entrée à l'hôpital. Le premier cas qu'il ait eu à traiter fut son père, une appendicectomie, il n'eut même pas à lui injecter d'anesthésiant, un coup de gourdin fit l'affaire, comme à la maison il n'y avait pas de teinture d'iode un peu d'alcool de riz fit office de désinfectant, et c'est à l'aide du couteau à castrer les porcs qu'il sectionna l'appendice de son père. Pour éviter que ce dernier ne foute le camp s'il lui arrivait de reprendre ses esprits, il le ficela sur le banc à égorger les cochons, d'un tissu noir il lui banda les yeux et d'un autre, blanc, il lui bourra la bouche. Les gens qui par la fenêtre assistaient à ce spectacle s'imaginèrent qu'il infligeait à son père le supplice de la planche à tigre[11] ! Une fois remis, celui-ci tapotant sa cicatrice se promena partout en faisant de la publicité pour son fils : voilà un bon petit gars qui a pratiqué avec succès une opération sur son père, on me dit qu'il m'a trituré ça des heures durant mais personnellement je me suis réveillé comme après un bon rêve, on me dit que pratiquer une appendicectomie est une opération plus simple encore que la castration du verrat, dans ces conditions je ne vois pas pourquoi mon fils n'irait pas exercer le métier de médecin pour lequel tout le monde a du respect, plutôt que de continuer à faire les docteurs de porcs, profession qui ne fait que porter à rire. Qu'on aille voir le beau-frère, il donnera un petit coup de pouce. Le beau-frère, haut fonctionnaire, soit quelqu'un au niveau de conscience très élevé, attaché à certaines idées politiques, lui tint à peu près ce langage : mon petit beau-frère, c'est assurément avec succès que tu as su procéder à l'ablation de l'appendice de ton paternel, mais pour aller à l'hôpital faire le chirurgien encore faut-il prendre des cours, se perfectionner et obtenir la qualification de médecin, sans quoi je commettrais une erreur en te suivant dans la voie de l'erreur, commettant une erreur je serais vite dans le pétrin et à ton tour ensuite de me suivre dans la mouise. Bien, grand beau-frère, dit Trois Bouteilles, je ferai comme tu l'entends. Et il s'en alla suivre un cours de recyclage pour médecins chirurgiens d'une demi-année à l'issue de laquelle il obtint une licence et par-dessus le marché une maîtrise, après quoi c'est le menton haut qu'il entra à l'hôpital de Chengguan exercer la profession de médecin. Du jour où il prit ses fonctions, le nombre des malades à même de ressortir vivants de l'hôpital baissa du tout au tout. Le président du conseil de la planification des naissances du district eut cette remarque que si le district possédait seulement deux chirurgiens comme Zhao Trois Bouteilles la poussée démographique se stabiliserait vite et la planification des naissances n'aurait même plus lieu d'être. Non seulement l'hôpital de Chengguan recèle un tueur à froid comme Trois Bouteilles, mais encore plusieurs infirmières sauvages et audacieuses. La plus célèbre d'entre elles, Petite Herbe à Vache, est la petite sœur du vice-président du district. Un jour qu'un médecin lui avait confié le soin de faire une perfusion à un enfant, très inconsidérément elle lui brancha une bouteille d'alcool éthylique. Les membres de la famille partis la chercher eurent alors le tort de l'appeler « infirmière ». A peine eut-elle entendu qu'on l'appelait « infirmière » qu'elle se mit en pétard, l'amour-propre est très vif chez le personnel de l'hôpital, qu'il s'agisse des préposés à l'enregistrement des consultations, à la distribution de l'eau bouillante, à la caisse ou au balayage, en pénétrant dans l'hôpital il est impératif de nommer docteur tous les gens portant blouse blanche, faute de quoi on t'ignore complètement. Petite Herbe à Vache pouvait-elle tolérer qu'un parent de malade l'appelle « infirmière » ? Non, elle montra le blanc de l'œil, fit la sourde oreille et poursuivit son tricot. Les parents dont la situation de l'enfant avait porté l'angoisse à l'extrême en oubliaient les règles de l'hôpital et persistaient à l'appeler « infirmière ». Finalement, excédée elle aussi, Petite Herbe à Vache ne put s'empêcher de préciser son « titre » : je vous le dis à tous, on ne dit pas infirmière on dit docteur, docteur, compris ? Les parents prirent subitement conscience de la chose et dirent avec précipitation : docteur, docteur, notre petit comment se fait-il qu'il ait rougi ? Et Petite Herbe à Vache de rétorquer : il a rougi vous dites, mais c'est très bon signe ça.

Néanmoins les parents insistaient : mais il ne s'agit pas d'une rougeur courante, nous vous en supplions, venez vite voir… Petite Herbe à Vache se leva en grommelant : vous les paysans il faut toujours qu'il y ait quelque chose. Arrivée dans la chambre elle put effectivement constater que l'enfant était rouge, rouge comme une tomate, non seulement il avait rougi mais il avait la bouche couverte d'une écume blanchâtre et les membres convulsés, ce qui eut pour effet de la plonger dans la plus grande perplexité : zut, comment cela est-il possible ? après quoi elle éclata de rire : aïe, c'est tout moi, regardez, débordée comme je suis dans la confusion j'ai interverti l'alcool éthylique et le sérum physiologique. Aux parents qui demandaient ce que l'on pouvait bien faire, Petite Herbe à Vache répondit : l'alcool éthylique est un désinfectant, les virus en germe dans le corps de votre enfant viennent tous d'être éradiqués d'un coup, je vous le garantis, j'affirme en toute responsabilité qu'à dater de ce jour il ne sera plus jamais malade de sa vie, allez, courez vite à la caisse me régler cette bouteille d'alcool…

J'interromps la logorrhée : hé l'ami, ne parlons plus de ces trucs effroyables veux-tu ;

trouvons des choses un peu plus gaies. Il fronce les sourcils : avec le ventre plein de cette eau amère, où veux-tu que je trouve des paroles gaies ? C'est bien, dis-je, alors fini de parler, mangeons, buvons ! Il pique un morceau de peau de porc froid et l'avale en produisant un sifflement, après quoi encore un morceau, suivi d'un autre. Ça se laisse manger cette peau de porc froid, dit-il, c'est mordant, élastique, le goût est bien un peu bizarre, comme si on y avait ajouté de la gélatine ; chez nous quatre-vingt-dix pour cent des restaurants qui font de la peau de porc froid y ajoutent de la gélatine… Ça suffit, dis-je, on va pas se montrer aussi regardant, après tout l'ami toi et moi on n'est que ventres à farine de patate douce et pantalons en térylène. Oui, dit-il, ce que tu dis est parfaitement exact, l'homme, comme l'arbre, ne peut oublier ses racines. Cela étant, aujourd'hui la patate douce est devenue un mets de premier choix, plus cher que la pomme de terre, plus cher encore que la farine Fuqiang[12]. Quant au térylène, si aujourd'hui ça ne vaut effectivement plus grand-chose, il y a trente ans d'ici celui qui pouvait se permettre de porter un pantalon en térylène, attention je vous dis pas. Il y a trente ans, et je ne parle pas des pantalons en térylène, même les pantalons en coton synthétique en tissus mélangés qui donnaient l'impression bizarre d'avoir de la feuille de soja qui vous monte le long de la jambe quand on les enfilait paraissaient des trésors aussi fabuleux qu'une peau de tigre. Ne me dis pas que tu as oublié ce jour où pour la première fois tu es allé présenter tes respects à la famille de ta future femme, tu m'avais emprunté ce pantalon noir en coton synthétique que tu as fini par trouer en le brûlant avec ta cigarette. Vraiment ? je demande, il s'est passé un truc pareil ? comment se fait-il que je n'en ai pas le moindre souvenir ? C'est le genre de chose, dit-il, dont bien entendu tu ne peux pas te souvenir, tu ne t'en souviens pas mais moi je m'en souviens. Tu m'avais foutu en l'air mon pantalon et tu n'osais pas venir le rendre toi-même, tu as envoyé ta grande sœur qui en guise de dédommagement nous a sorti tout un tas de foutaises auxquelles elle a ajouté trois œufs frais. Soit dit en passant, à l'époque sans mon pantalon en coton synthétique ta femme n'aurait certainement pas eu le béguin pour toi, et même si ta femme avait eu le béguin pour toi, tes beaux-parents eux n'auraient pas eu le béguin pour toi, comme dit le proverbe : « L'habit fait l'homme, la selle fait le cheval. » J'ai entendu dire qu'après que tu es sorti de chez eux ce jour-là ils se sont précipités dans la rue, se répandant partout en éloges à ton égard : notre futur gendre, tout fringant qu'il est dans son pantalon noir en coton synthétique, quand il marche c'est bien simple on dirait qu'il flotte à la manière d'un immortel ! Ainsi, si l'on tient compte du fait que tu dois la félicité conjugale au pantalon en coton synthétique que tu m'avais emprunté cette année-là, te demander de m'inviter à déguster une plâtrée de fruits de mer n'a rien d'extravagant. C'est ça, dis-je, continue de composer tes histoires à dormir debout, tu peux toujours t'accrocher si tu crois que c'est comme ça que je vais t'inviter à manger des fruits de mer. Regarde, dit-il, t'as la pétoche hein ! mais tu m'inviterais à manger que je n'irais même pas, vous les petits fonctionnaires avec votre petite queue, vos petites malversations par-ci, vos petits pots-de-vin par-là, vivant constamment dans l'angoisse, ça doit vraiment pas être facile, comment est-ce que j'aurais le cœur de les manger tes fruits de mer ? Comme je te l'ai déjà dit il y a longtemps, je préférerai toujours servir de bec au poulet que de croupion au phénix, regarde-toi, regarde quel cadre tu fais, arriveras-tu seulement à l'échelon du district ?

à l'échelon central du district ? Il n'y a qu'à regarder ta tête d'ourson craintif pour comprendre que même à l'échelon central tu ne ferais pas l'affaire. Regarde un peu le secrétaire du parti de notre canton, c'est le genre de type qui roule en Audi le portable à la main, une femme au pays, l'autre au chef-lieu, avec ça au canton se tapant la responsable du planning familial. De la bigamie ? je demande. Mais, dit-il, comment fais-tu pour avoir le cerveau aussi mou ? La femme au pays tu la divorces mais jamais elle ne quitte la maison, la femme en ville tu la sautes mais jamais tu ne l'épouses, en aucun cas il ne s'agit d'enfreindre la loi. La règle c'est compter sur ce qu'on vous donne pour fumer, compter sur ce qu'on vous offre pour se pinter, son propre salaire ne pas en user, sa propre femme ne pas y toucher, trois ans à faire le maire d'une petite ville, et cent mille biffetons qu'on empoche facile, mais qu'est-ce que tu fais encore ici à mener je ne sais quelle vie ? Si j'étais toi ça fait longtemps que je serais rentré. Non, je reprends ce que je viens de dire, si vraiment tu retournais au pays non seulement la mairie de la petite ville te passerait sous le nez mais le poste de secrétaire de cellule du parti d'un hameau lui-même te passerait sous le nez. Au mieux tu te retrouverais installé au bureau des affaires culturelles, et comme vice-directeur seulement, auquel cas il faudrait encore te préparer à faire don de vingt mille yuans à la femme du secrétaire du parti du district (à l'occasion d'un avortement elle est allée jusqu'à se faire offrir huit cent mille yuans sous enveloppes rouges [13], elle avorte ainsi deux fois par an), faute de quoi au mieux on t'enverrait croupir dans une usine au bord de la faillite à faire le vice-président du comité ouvrier. Et encore, chez nous dans cette usine de recyclage de peaux de lapins à poils longs à capitaux mixtes avec l'Angola qui devait à la banque un prêt de deux cents millions, les quatre postes disponibles ont tous été réservés à des officiers de l'armée reconvertis, trois officiers supérieurs se voyant confier les sièges de vice-présidents du comité ouvrier, l'officier restant, un subalterne, cumulant les fonctions de responsable du centre de diffusion et de chef de l'équipe de sécurité. Un type qui quand il était encore à l'armée formait des soldats modèles, il excellait au tir, au lancer de grenade et au combat à la baïonnette, maintenant qu'on ne livre plus que des guerres électroniques où l'on n'a pas vu l'ombre d'un ennemi que la bataille est déjà terminée, un bon combattant comme lui se fait mettre à pied. La diffusion c'était pas son truc, il considérait que c'était un boulot de vieux chnoques retraités, ce qui l'intéressait c'était l'équipe de sécurité, il consacra donc un pour cent de son énergie au travail de diffusion et les quatre-vingt-dix-neuf restants à l'entraînement de l'équipe. Payant de sa personne il fabriqua lui-même une vingtaine de fusils en bois qu'il distribua à chacun des petits gars, après quoi il les emmena devant le bureau administratif de l'usine et tout le monde de se mettre à ramper, rouler, grimper et taper. Encore moribonde le jour précédent, l'usine à recycler les peaux de lapins à poils longs à capitaux sino-étrangers se transforma sur-le-champ en lieu de grande effervescence, comme si d'un coup de tison on venait de mettre au jour un nid de scorpions. Faisant face à une rangée d'épouvantails plantés devant le bâtiment, habillés de noir, prunelle dilatée et moustache écumante, l'un après l'autre les petits gardes rugissaient : Tue – Tue – Tue ! Sur le côté, l'air solennel, portant habits et casquette militaires auxquels ne manquaient que l'étoile rouge et les écussons, l'air aussi vivant qu'un de ces gardiens de Bouddha en bronze qu'on trouve à l'entrée des monastères, se tenait notre commandant de régiment, un type qui donnait vraiment l'impression de s'être trompé d'époque, au moment de la guerre de résistance contre l'envahisseur japonais en poussant un peu on en faisait un héros modèle de première catégorie ! Debout dans la lumière aveuglante du soleil, son regard sous la visière de la casquette distribuait des reflets glacés, les mots d'ordre jaillissaient hors de sa bouche comme des boulettes de fonte : Lapin – crève ! Lapin – crève ! Des mots d'ordre qui décontenançaient les cadres désœuvrés de l'usine et les promeneurs de passage, et tous de dire : qu'est-ce que c'est que ce vice-commandant qui ne peut pas ouvrir la bouche sans insulter les gens [14] ? Bien sûr, on est dans une usine de recyclage de peaux de lapins, ces gens sont en contact journalier avec des lapins, mais de là à insulter le personnel, tout de même. Un des petits gardes de l'équipe de sécurité lui-même finit par sortir du rang, il jeta son fusil à terre et dit : commandant je le fais plus, bosser avec vous ça gagne trois fois rien, ça vous crève de fatigue, et avec ça la chemise a pas le temps de sécher qu'on se fait traiter de lapin et que je t'en remets. Ramasse ton fusil ! rugit le commandant devenu fou de rage, avoir l'impertinence de jeter son arme ! Pétrifié par l'animosité du vice-commandant, le petit garde se contenta de bougonner à voix basse : on me dit de ramasser je ramasse, c'est pas la peine de s'énerver comme ça. Le commandant criait à pleine gorge : écoutez-moi bien, tout le monde, c'est pas « Lapin – crève ! », c'est « Là ! pan ! – crève ! », compris ? « Là ! pan ! – crève ! » Les petits gars lâchèrent un soupir de soulagement : ah c'était pas « Lapin – crève ! », oh ben nous voilà rassurés. Chez les cadres, qui du haut de leur bureau vaste et lumineux assistaient à la scène, là aussi on respirait mieux : ah, en fait c'est « Là ! pan ! – crève ! », comme ça on est tranquillisés maintenant ! Et ce vice-commandant tu sais qui c'était, eh bien c'était l'oncle de ma femme, et l'oncle de ma femme comme de juste c'est mon oncle, hein, qu'est-ce que t'en dis ?

Menant sa petite troupe à l'exercice, mon oncle se conformait aux méthodes militaires en cours dans les années soixante. Il exigeait des petits gardes qui avaient été élevés dans du coton de s'entraîner avec au cœur un profond sentiment de classe. Ceux-ci ouvraient grand les yeux et demandaient avec perplexité : commandant, qu'est-ce que vous appelez sentiment de classe ? ce qui un instant eut pour effet de plonger mon oncle dans un état de rare hébétude, dont il finit par sortir en poussant soupirs sur soupirs : finie, finie, la jeunesse de cette génération est radicalement finie, même le sentiment de classe ils ne savent pas ce que c'est, monts et fleuves rouges de la mère patrie, comment garantir que jamais désormais vous ne changerez de couleur ? Par la suite, mon oncle affirma que si ça n'avait tenu qu'à lui il leur aurait certainement flanqué à chacun un bon coup de crosse de fusil, mais ils n'appartenaient pas au corps militaire, et puis l'ignorance n'est pas en soi une faute, en serait-elle une, on n'a pas pour autant le droit de frapper, frapper c'est enfreindre la loi, enfin l'ignorance des enfants ne peut, en tout état de cause, qu'être imputée aux adultes, voudrait-on vraiment frapper quelqu'un qu'il faudrait aller les frapper eux, les adultes. Mon oncle à l'instruction de cette jeunesse ignorante n'eut d'autre choix que de faire montre de sollicitude, usant d'autant de patience qu'une vieille fille à sa broderie. Mes enfants, leur demanda-t-il, vous ne savez pas ce que c'est que le sentiment de classe, mais est-ce que vous comprenez ce que c'est que la haine de classe ? L'un à la suite de l'autre les petits gardes de la sécurité secouèrent la tête, on aurait dit de ces tambours à deux boules qu'on fait tourner sur eux-mêmes au bout d'une baguette : com-prends-pas, com-prends-pas. Bon, est-ce que vous connaissez Chiang Kai-shek ? demanda mon oncle. Chiang Kai-shek ? Chiang Kai-shek c'est qui ? il n'y a personne qui s'appelle Chiang au village, dirent les petits gardes. Et les troupes de retour [15], demanda-t-il encore, est-ce que vous connaissez ? Et les petits gardes de répondre sur le même air : les troupes de retour, c'est quelle armée ça ? Mon oncle ne cessait de pousser des soupirs, une dernière fois il demanda : mais enfin quoi, la personne pour qui vous avez le plus de haine c'est qui ? Un des petits gardes cria avec véhémence : la personne pour qui j'ai le plus de haine c'est le secrétaire de la cellule du parti au village, ce salaud s'accapare les fonds spéciaux, de plus il a augmenté le prix de l'électricité à trois yuans le kilowatt, notre père ne pouvait pas payer la note, non seulement il lui a brisé le nez à coups de poing mais il a ordonné à ses chiens de nous couper la ligne et d'embarquer notre vache ! Au tour d'un autre petit garde de hurler : celui que je déteste vraiment le plus c'est le maire de notre village, en douce il a déplacé les bornes de notre terrain et s'est approprié deux mètres, mon frère est allé lui demander des comptes mais il n'a rien voulu entendre, d'un coup de fil il a fait venir son fils de service au poste de la milice du village, ils l'ont ficelé à l'intérieur du poste, l'accusant d'avoir troublé l'ordre public et frappé un cadre révolutionnaire, ils l'ont bourré de coups, ils lui ont mis le nez en compote et exigé qu'il paye une rançon de deux mille yuans pour le laisser sortir... Au milieu d'un florilège de plaintes de toutes sortes les petits gardes dénonçaient ainsi le comportement criminel de leurs ennemis. Parmi ces visages il y en avait de rouges, de blancs, de verts, de jaunes, tous reflétaient une profonde haine et une grande douleur. Mon oncle était stupéfait mais il n'en laissait rien paraître, il s'empressa d'interrompre ce flot d'acrimonie : d'accord, d'accord, il suffit que chacun ait un ennemi bien ancré au fond du cœur et notre entraînement aura de l'allure ! A partir de maintenant il vous suffit de considérer l'épouvantail qui vous fait face comme la personne que vous haïssez le plus et de le transpercer avec la baïonnette ! Commencez ! Mon oncle distribuait des ordres aussi sèchement qu'un chef d'application des peines : Là ! pan ! – crève ! Les petits gardes semblaient comme sous le coup d'une piqûre d'excitant, les yeux injectés de sang, la bouche crachant des flammes, face aux épouvantails leurs mouvements semblaient réellement animés par la haine, comme ils perçaient la paille certains d'entre eux beuglaient même des insultes, transformant vite l'atmosphère de l'usine de recyclage de peaux de lapins en pétaudière. Les passants s'arrêtaient, restaient plantés à regarder, certains demandaient : mais qu'est-ce qui se passe encore ici ? et d'autres répondaient : mais vous ne voyez pas qu'on tourne un film !

Make pique une cacahuète, se la jette en bouche et poursuit : cette histoire fit sensation, l'usine de recyclage de peaux de lapins fut dès lors considérée comme collectif d'avant-garde de formation de milices populaires, la chose fut rapportée par les journaux et la télévision, la chaîne de la ville vint faire un reportage sur place de trois jours. L'excellence avait triomphé de la vilenie, mon oncle fut acclamé, il avait rendu sa dignité à une usine de recyclage de peaux de lapins à poils longs de triste réputation, il devint un personnage célèbre et dans la foulée le directeur de l'usine fut nommé grand représentant au conseil régional. Dans la région, les autres usines moribondes se mirent à suivre l'exemple de l'usine de peaux de lapins, engageant toutes des militaires de carrière au prix fort dans le but d'entraîner des équipes de gardiens. En dépit de tout cela l'usine de peaux de lapins fut mise en liquidation, et ceci avant le terme de l'entraînement de l'équipe de sécurité. Devine un peu qui était le directeur de l'usine, eh bien c'était notre camarade de primaire Petite Etable à Chevaux ! ah ah ah ! tu t'en souviens, mais oui tu t'en souviens, c'est Xiao Mengjuan ! surnommée Petite Etable à Chevaux, oui, Petite Etable à Chevaux, si je me souviens bien ce surnom c'est toi qui le lui avais donné. Quand je pense mon pote à la façon dont elle t'avait tapé dans l'œil à l'époque, et aux patates douces, oui de celles qui mûrissent au printemps, sucrées comme si on les avait farcies à la pomme, pour lui en offrir tu retournais exprès chez toi tous les jours, et à l'aide de ton petit couteau tu les coupais en fines tranches que tu lui glissais sous les yeux, pour lui donner envie, et nous qui quémandions une tranche, et toi qui la refusais, nous agitant même le couteau sous le nez. Petite Etable à Chevaux mangeait tes patates mais faisait peu de cas de tes bontés, elle alla même jusqu'à rapporter au professeur que tu te livrais devant elle à des déclarations comme quoi l'école était une prison et les professeurs des esclavagistes. Le professeur rendit immédiatement compte de tes paroles au directeur de l'école, le directeur de l'école en fit toute une montagne, à l'aide d'une corde il te ficela et te mena en grande pompe au poste de police où, après avoir entendu l'affaire, on déclara qu'il s'agissait d'une faute banale et que ce type de contradiction devait se régler de façon interne, au sein du peuple. Le directeur te ramena sous bonne escorte et convoqua toute l'école à une réunion extraordinaire où tu fus obligé de te livrer à un examen de conscience devant l'ensemble des professeurs et des élèves réunis, et où tu pleuras comme un veau, essuyant les larmes d'une manche et la morve de l'autre, attitude vraiment impeccable, reconnaissance des fautes véritablement pénétrante, ils ne t'ont pas renvoyé de l'école, et considérant que tu étais tout de même trop petit, pas plus n'ont-ils osé faire de toi un contre-révolutionnaire, faisant preuve de clémence ils se sont contentés de te donner un avertissement en guise de punition, chose qui eut au moins pour effet de te réveiller du fond de l'engourdissement amoureux où tu baignais, et c'est ainsi mon pote que sous le coup de la fureur la plus profonde tu lui donnas ce surnom. Petite Etable à Chevaux était promise à un avenir radieux, après le primaire elle fut affectée à l'équipe de propagande communale en qualité de chanteuse soliste, elle excellait à l'interprétation de *La fleur s'épanouit rouge vif et la montagne s'empourpre*, sa gorge rendait des petits sons de trompette, rien n'était plus rafraîchissant, c'est bien simple on aurait dit un bonbon à la menthe. Te souviens-tu de l'air de cette chanson ? Je secoue la tête mais en aucun cas pour signifier que j'ai oublié, si je secoue la tête c'est sous le coup de l'émotion, au souvenir du passé. Il boit une gorgée de bière, se gargarise et ajoute : regarde comme tu renies le passé, comment as-tu pu oublier cette chanson ? Ecoute un peu que je te fredonne. Et le voilà qui se met à chantonner. Très doucement au début, avec quelque chose comme une once de lyrisme, et à l'entendre on peut presque se rappeler l'air, mais après le premier couplet il s'oublie franchement et de sa gorge de mulet grande ouverte surgissent alors toutes sortes de hennissements ignobles. Les mains blanches de farine, le vieux et la vieille accourent demander s'il n'est pas arrivé quelque chose. Rien du tout, dis-je, c'est juste mon vieux camarade de classe qui chante en évoquant le passé ! Un peu moins fort alors, dit la vieille, vous allez me faire venir la police et vous serez bons pour aller boire le prochain chez eux.

Il engloutit un verre de bière et poursuit, la lèvre imprégnée de mousse : le saint homme a raison, ce que l'imposteur craint le plus ce sont les vieux amis. Regarde-toi par exemple, tu te la fais péter dans ton vieux complet fripé, la cravate rouge qui pend en langue de chien, le crâne pelé comme un prépuce décalotté, dodelinant de la tête avec satisfaction au milieu du boulevard et jouant les vieux cadres, mais à moi tu ne la fais pas. En neuvième tu portais encore des couches. Il suffisait que le professeur élève un peu la voix et ton incontinence urinaire te reprenait, tes pantalons en coton puaient la pisse sèche, les filles ne voulaient pas s'asseoir à ta table en classe, les garçons non plus. Et voilà le genre de mec que t'étais, même le professeur n'a jamais pu comprendre comment en dépit de tout ça tu arrivais à composer des chansons. Tu avais écrit une très belle chanson sentimentale qui sentait le soufre [16], ça au moins tu ne l'as pas oublié, n'est-ce pas ? Pris d'une nouvelle envolée lyrique le voilà qui chantonne : « Petite Etable à Chevaux, tes nattes sont longues, d'entre tes cuisses serrées a surgi un agneau. Petite Etable à Chevaux, ta bouche est grande, hors de tes lèvres gonflées a bondi un crapaud... » Je l'écoute, et le souvenir de ces choses anciennes me tire un sourire amer. Tu te souviens, n'est-ce pas, dit-il. Petite Etable à Chevaux resta un temps dans l'équipe de propagande, elle sut s'y prendre avec les dirigeants de la commune et fut recommandée auprès d'un lycée technique où elle fit deux ans d'études, à la suite de quoi ayant passé ses examens elle s'en alla faire la dactylo au comité du parti du district où elle finit par épouser le fils du chef de groupe du comité du parti. Elle revint ensuite au canton occuper un moment le poste de maire avant d'être de nouveau mutée au chef-lieu du district comme chef de bureau pour finalement être envoyée, la belle, donner un coup de main à l'usine de recyclage de peaux de lapins. Ces dernières années, elle menait grand train, passant de l'Europe de l'Ouest à la mer de Chine comme on passe d'une porte à l'autre le soir pour papoter avec les copines. Au district le bon peuple n'avait que l'insulte à la bouche pour parler d'elle, il y avait des gens pour dire qu'il y avait tellement d'argent entassé chez elle qu'il pourrissait et que l'été venu on y engageait des gens à faire sécher les billets. Lorsque l'usine déposa son bilan, les ouvriers qui étaient tous à cran s'en allèrent faire un sit-in au sein des bureaux du gouvernement du district où un écervelé, qui cherchait à se faire brûler vif, faillit arriver à ses fins. Quand Petite Etable à Chevaux sentit que les choses viraient au roussi, sac de chanvre plein de dollars sur le dos, d'un coup d'aile elle s'envola pour le Canada d'où elle ne revint jamais. On dit que six mois après son arrivée elle fut revendue à un esquimau par un type qui faisait la traite des femmes, au passage le type avala le sac en toile de chanvre, une fois dans l'océan Arctique elle habita un igloo, apprit à mâcher des peaux à pleines dents et à manger de la viande de phoque crue, enfin dans son nid de glace elle pondit quatre enfants. Un noir, plus noir encore que l'encre de Chine ; un rouge, plus rouge encore que le sang de cochon ; un vert, plus vert encore que les feuilles d'arbre ; un jaune, plus jaune encore que la fleur de tournesol ; un bleu, plus bleu encore que l'eau de la mer. Mais d'où sort le bleu, je demande, tu n'avais pas dit quatre, comment se fait-il qu'il en surgisse encore un ? Oui, dit-il en souriant, j'ai bien dit quatre, et puis ensuite, à bien y penser, dans ce coin froid et désertique ils avaient un peu trop l'air de quatre pelés, je leur ai donc ajouté un tondu, et voilà ton cinquième [17]. Si tu trouves que ce n'est pas assez, je peux lui en faire pondre quelques autres. Mais j'ai dit cinq, et c'est bien suffisant comme ça, fini de pondre ! Ah là là, ajoute-t-il, il fut un temps où nous étions tous camarades de classe après tout, en entendant dire qu'elle était tombée dans une telle déconfiture j'ai trouvé que la vie était tout de même bien amère. Mais ne parlons plus de ces choses, leur souvenir nous fâche, nous blesse, mille pensées nous assaillent, quoi qu'on veuille faire et on n'a rien fait, notre amour est sans secours et notre fouet ne porte pas, laissons-la relayer les esquimaux à l'engendrement d'une nouvelle génération, mangeons ce qui est devant nous, buvons notre saoul et vaquons à des affaires de plus de bénéfice.

Il pique un morceau de peau de porc froid. Ferme et dressé sur le morceau se tient un poil de porc. Il appelle, il hurle : patron, patron ! La vieille accourt de la pièce intérieure, les mains pleines de farine : qu'est-ce que vous avez à crier ? Regardez un peu, dit-il en pointant le poil de cochon du bout des baguettes, qu'est-ce que c'est que cette chose ? La vieille ouvre grand les yeux, fixe un instant le poil et demande : ce ne serait pas tout bêtement un poil de porc ? C'est pour ça que vous ameutez les gens et que vous faites toute une histoire ? Se peut-il, interroge Make, que vous ne sachiez pas que le poil de porc une fois parvenu à l'estomac constitue un danger mortel ? La vieille répond : je vais vous dire moi, il y a dix ans de cela, comme on s'engueulait avec le vieux, sous le coup de la colère j'ai avalé une brosse en soies de porc, cherchant une mort que j'imaginais certaine, eh bien en fin de compte non seulement je ne suis pas morte, mais voilà qui m'a radicalement guérie de mon ulcère gastrique ! Le comique de la vieille me fait rire, et avec moi elle rit de bon cœur, mais lui continue toujours de triturer le poil avec ses baguettes, il finit par dire : le problème, c'est que ceci n'est pas un poil de porc ! Si ce n'est pas un poil de porc, qu'est-ce que c'est comme poil ? demande la vieille. Plus je l'observe, dit-il, et plus je lui trouve un air de poil humain. Bon, lâche la vieille, si vous voulez manger ici vous allez me faire le plaisir de fermer votre sale petite gueule, si telle n'est pas votre intention alors foutez-moi vite le camp fils de pute ! Aujourd'hui j'ai déjà plus de cent cinquante ans, le Vieux Bouddha[18] Cixi faisait la pluie et le beau temps au palais quand j'ai ouvert ce restaurant de raviolis, eh bien jamais encore je n'ai rencontré une fripouille de ton espèce ! En voyant que la vieille cette fois s'énerve vraiment, Make s'adoucit aussi sec, et c'est le visage fendu d'un gigantesque sourire qu'il s'adresse maintenant à elle : grand-mère, grand-mère, ce que je vous sors là ce ne sont que des plaisanteries de gamin, histoire de vous faire rire, comment pouvez-vous prendre ces bêtises au sérieux ? D'ailleurs à peine vous ai-je vue, j'ai su que vous étiez un personnage qui sortait de l'ordinaire. Si je devine bien, les raviolis que vous nous préparez aujourd'hui ressemblent en tout point à ceux qu'autrefois, présentant vos hommages au Vieux Bouddha, vous fîtes porter à la cour, l'impératrice après y avoir goûté ne tarissait plus d'éloges, comme il en restait deux et qu'elle n'avait pas le cœur de les laisser perdre, elle s'adressa à Li Lianying[19] à qui elle ordonna : mon petit Li, faites donc porter ces deux raviolis chez l'empereur, qu'il profite qu'ils sont encore chauds pour les manger bien vite, car ce sont des raviolis à la viande de tigre qui permet d'accroître le principe mâle, si l'empereur s'empresse de les manger il accroîtra son principe mâle dur dur dur et sans plus tarder donnera à notre grande dynastie Qing un prince héritier. Li Lianying se prosterna, siffla entre ses dents un petit *zha!* [20] sec et sonore, et portant lui-même les deux raviolis s'en fut en courant en direction de la grande salle d'audience. En entendant ça la vieille se tord de rire, son visage est irradié de plaisir: ah ce gosse, quel malin alors, mais comment se peut-il que vous soyez aussi bien au courant de nos petits secrets familiaux? Hé quoi, dit-il, on ne me cache rien à moi, faut pas vous fier à ces guenilles ni à ce corps couvert de poux, je suis tout de même diplômé d'une grande université, qui plus est voilà trois mois que je tournicote devant votre pas de porte, alors vous imaginez, vos petites affaires de famille n'ont plus de secrets pour moi. Pensez un peu, si je ne savais pas le fond des choses, est-ce que j'aurais l'audace de me présenter chez vous et de réclamer des raviolis à la viande de tigre? Dans tout le pays vous êtes d'ailleurs bien la seule maison qui en serve, des raviolis au tigre. A l'aide des baguettes encore une fois il triture le poil courbé en travers de la peau de porc froid: regardez un peu, qu'est-ce que c'est que ça? de la soie de porc?

non ; du poil de vache ? non ; ça, c'est une moustache de tigre cent pour cent ! Et le voilà qui se met à conter le prodige de la moustache de tigre.

Pour bien raconter le prodige de la moustache de tigre, encore faut-il faire une incise et remonter à cette année où dans le courant de l'hiver un ami m'avait invité à manger des raviolis à la viande de tigre. Après avoir mangé du tigre donc, mon corps se mit à me brûler, des élans bestiaux s'emparèrent de moi et afin de ne pas commettre de bêtise je n'eus d'autre échappatoire que de briser la couche de glace qui recouvrait le fleuve Heilong et de me jeter dedans pour y rester à tremper. Les gens accouraient en grand nombre, en plus des Chinois, premiers à se présenter, les Russes de la rive opposée se pressaient pour voir le spectacle, parmi eux une jeune fille chevauchant un tigre, une adolescente d'une beauté sans pareille, et l'on fouillerait de fond en comble le ciel et la terre pour lui chercher une rivale que ce serait en vain. La température de mon corps était si élevée et dans ce trou de glace l'eau de la rivière avait été portée à un tel degré d'ébullition qu'il en émanait un petit sifflement continu, l'une à la suite de l'autre de grandes bouffées de vapeur s'élevaient à la verticale dans le bleu du ciel. Ayant eu vent de l'affaire, les reporters de la télévision se précipitaient caméra sur l'épaule et filmaient ce qu'ils voyaient. Tout aussi nombreux étaient les journalistes de la presse, et que je te photographie, et que je te fasse crépiter mon flash, quand bien même l'aurais-je voulu il aurait été impossible de refuser, alors je les laissais photographier tout leur saoul. Flash une photo, flash encore une photo, les flashs des photographes me brouillaient la vue. Pour me protéger les yeux je détournai le regard, le posai sur la jeune fille russe, sur la tigresse. Cette bête se montrait d'une extraordinaire honnêteté, au début j'appréhendais qu'elle ne me morde, mais très vite je compris qu'elle ne me mangerait pas. De son énorme langue dont elle pourléchait sans trêve sa moustache toute ruisselante de larmes, elle alla même jusqu'à me lécher le visage, j'ai pensé cette fois je suis foutu, cette fois c'en est véritablement fini de mes joues, mais en définitive pas un morceau ne me fit défaut. La tigresse m'embrassait. La chose me plongea dans une profonde réflexion, enfin je finis par comprendre, en vérité la bête était aveugle, elle sentait l'odeur de tigre qui émanait de mon corps et tout naturellement m'avait pris pour son mari. A cette idée je fus tout d'abord saisi d'une frayeur mortelle, ensuite d'une terrible émotion. Je tendis la main, caressai la tête de l'animal et dis : tigresse, ma tigresse, ne pleure pas, ne pleure donc pas, ce mari-là voilà longtemps déjà qu'il te trompait, lorsque nous nous sommes présentés au repaire de tigres pour l'abattre nous l'avons surpris en compagnie d'une autre tigresse en plein rendez-vous amoureux, autrement nous n'aurions certainement pas fait feu et envoyé ce tigre à la mort. Oui il t'avait depuis longtemps oublié, et les larmes que tu verses pour lui à t'en rendre aveugle, en vérité crois-moi il ne les vaut pas. A ces paroles la tigresse fut saisie d'un effroyable tremblement, comme si elle était prise d'un accès de paludisme, terrifiant ainsi l'adolescente russe qui à son tour fondit en larmes. Et c'est en vain qu'elle pleurait, car poussant un énorme rugissement la bête fit un bond dans l'air de trois mètres et la tête la première piqua sur la glace, ses pattes furent parcourues de quelques spasmes ; après quoi elle mourut. A partir de cet instant il ne fut plus question de moi, tous les objectifs pointèrent en direction de la bête. Du bord de sa lèvre supérieure l'une des moustaches se détacha, la plus longue, la plus épaisse, la plus dure, et glissa sur la glace juste sous mes yeux qui la virent s'enfoncer, tout comme s'il s'était agi d'une tige d'or chauffée au rouge. Je regardais la chose, intrigué. Pris d'une inspiration soudaine, je la ramassai et la serrai fort entre mes doigts de peur qu'elle ne se perde. Les fesses à l'eau comme je l'étais, je n'avais bien sûr pas d'endroit où la fourrer, alors autant franchement se la carrer entre les lèvres, et c'est là, à cet instant précis, qu'il se passa un événement absolument formidable, j'étais le témoin de la scène la plus miraculeuse qui soit au monde, une scène je crois bien à laquelle personne, des temps les plus anciens à nos jours, n'a eu la chance d'assister, devines-tu seulement de quel miracle il s'agit ?

Portant un plat de raviolis fumants, le vieux sort de la pièce du fond. Les raviolis arrivent, dis-je, il faut en profiter pendant qu'ils sont chauds. Et nous nous saisissons des baguettes, prêts à manger. Des raviolis tout blancs, très gros, au ventre bombé, dégageant l'arôme sucré de la farine et la bonne odeur de la viande, le tout propre à mettre notre appétit en émoi. Mais qui l'aurait cru, voilà que le vieux ne vient absolument pas les poser sur notre table, non, mais sur une autre que personne n'occupe. Je dis mettez donc ça ici, se peut-il que vous n'ayez pas vu que nous sommes assis ici ? Le vieux nous regarde en plissant les yeux, le visage affichant la plus grande perplexité. Et puis nous le voyons qui s'assoit devant la table, écarte de part et d'autre la moustache qui lui obstrue la bouche et, sans l'aide des baguettes, c'est-à-dire en pinçant les raviolis entre ses doigts, il entame le plat. Je dis mais qu'est-ce qu'il a ce vieux, le client commande les raviolis et c'est lui qui les mange. La vieille apporte alors un plat, le bouillon où on cuit les raviolis, et le pose sur notre table en nous glissant : ne vous inquiétez donc pas et buvez un peu de ce bouillon en attendant, une fois qu'il aura fini vous mangerez le reste. Nous voilà tous deux de méchante humeur, avec dans l'idée d'en découdre avec la vieille. C'est Make qui s'en charge : a-t-on jamais entendu pareil raisonnement ? Vous tenez un restaurant de raviolis, nous sommes ici pour manger des raviolis, vous faites cuire des raviolis, vous ne nous servez pas ces raviolis et les mangez vous-même, un minimum de décence serait que vous vous les envoyiez en douce dans la pièce intérieure au lieu de les apporter ici et de vous empiffrer ainsi sous notre nez ! Qu'est-ce que vous avez à vous énerver ? demande la vieille, ce sont les règles de la maison, voilà tout, et je ne parle même pas de deux culs-terreux comme vous, à l'époque le président Yuan Shikai[21] lui-même quand il venait manger des raviolis se faisait un devoir d'observer gentiment ces règles. Si vous n'avez pas envie de respecter les règles de l'établissement, alors barrez-vous vite fait. A nous deux réunis, les vieux, ça nous fait trois cents ans, est-ce qu'il y a seulement un événement que nous n'ayons pas traversé, un personnage que nous n'ayons pas connu ? Au jour d'aujourd'hui il n'est pas une chose qui puisse encore nous faire peur ! La vieille pousse avec brusquerie le bouillon vers nous et ajoute : aujourd'hui, avoir l'occasion de goûter à mon bouillon, espèces de sales bêtes, c'est là votre bonne fortune ! Elle brandit en l'air une main aussi sèche qu'un sarment de vigne, regardez bien cette main, elle a servi la Cixi ! Et nous de lever les yeux vers cette main, la mine honteuse, comme si nous venions de commettre une faute terrible, mais apaisés cependant, presque malgré nous. L'odeur qui s'échappe du bouillon devant nous monte nous chatouiller les narines, nous emparant alors des cuillères nous puisons chacun une louchée à même le plat, la portons à nos lèvres où nous soufflons dessus avant de la siffler d'une lampée, il s'agit du bouillon de la famille impériale et le goût n'est effectivement pas banal. Maniant la cuillère, soulevant la soupière, pris tous deux d'une inextinguible soif, gorgée par gorgée, allant toujours plus profond, luttant, et que je te pousse, et que tu me gênes, chacun ayant peur d'en avaler moins que l'autre, en un clin d'œil le bouillon est englouti. Ayant fini de boire, il ne nous reste plus qu'à assister au spectacle du vieux en train de manger. A nous deux réunis, les jeunes, ça nous fait quatre-vingts ans, et c'est bien la première fois que nous voyons quelqu'un déguster ainsi les raviolis. Voilà ce vieillard, un type qui semble bien avoir connu toutes les vicissitudes de ce monde, qui, s'aidant de deux doigts, saisit un ravioli, le soulève, relève le museau, pince les lèvres, et avec une infinie précaution mord le coin du ravioli pour le recracher aussitôt sur la table, il redresse à nouveau la tête et laisse l'huile contenue dans le ravioli lui goutter dans la bouche. Après que le ravioli a donné tout son jus, pas sa farce, il le remet dans le plat et se saisissant d'un autre, de la même façon mord un coin, siffle le jus et le remet. Pareille méthode, aussi excentrique, jamais vu, jamais entendu parler. Ainsi poursuit-il, d'une part continuant de déshonorer ce plat de raviolis et d'autre part se mêlant de nous observer, de biais. Son visage est flanqué d'un sourire froid, comme s'il nous méprisait, en même temps comme s'il cherchait intentionnellement à nous provoquer. L'odeur onctueuse des raviolis, on jurerait mille doigts souples et griffus venus nous caresser l'estomac, ajoute à notre tourment. Et nous commençons effectivement à nous énerver. Mais nous sommes comme deux chambres à air crevées, peu importe comment, rien ne vient nous regonfler. C'est avec un sentiment de respect mêlé de crainte que nous regardons maintenant ce couple mystérieux et définitivement insondable, notre conversation elle-même se fait plus silencieuse.

Si seulement, me dit Make à voix basse, si seulement je n'avais pas perdu cette moustache, je pourrais consulter leur nature intrinsèque et savoir de quoi ils sont la transmutation. Ce vieux est très certainement un loup, et cette vieille, j'en mets ma main au feu, plus que probablement une ourse. Regarde-les attentivement l'un et l'autre, à la façon de mastiquer comme aux profondeurs qui se dessinent dans le visage sous les traits, tu peux sans peine discerner les physionomies de l'ours et du loup. Regarde bien. Docile à son argument, je fixe d'abord le vieux avec détermination, à ma grande surprise, à sa mastication particulière je parviens à distinguer confusément la gueule étroite et pointue d'un loup. De la même façon qu'ensuite sur le visage de la vieille je vois glisser l'expression d'un ours. Si, me dit Make, tu possédais une moustache de tigre comme celle qu'il m'est arrivé d'utiliser jadis, tu pourrais voir quiconque sous son aspect premier. Et le voilà qui repart sur cette affaire de moustache. Il raconte d'une voix forte, qui plus est tout en parlant il fixe exprès le visage du vieux et de la vieille, comme si son récit leur était destiné. Plongé dans l'eau du Heilong, à l'instant précis où je me fichais la moustache en bouche, mon cerveau fut instantanément la proie d'un court vrombissement, ensuite ce fut comme si l'on me versait de l'eau dans l'oreille et devant mes yeux surgit un tableau insolite. Comme je te l'ai déjà dit, les gens étaient venus en nombre me voir tenir tête au froid, le numéro faisait recette, caméra à l'épaule les journalistes de la télévision filmaient, sac photo en bandoulière les reporters de la presse photographiaient, de même sur les deux rives du fleuve, monté sur des traîneaux le bon peuple accourait avec curiosité. Mais dès l'instant où je me carrai la moustache en bouche, je n'eus plus une seule personne sous les yeux ; ce qui se présentait à moi c'étaient des bêtes. Ce que je vis d'abord, c'était aux côtés de la tigresse cette merveilleuse adolescente russe devenue léopard, son vêtement ne parvenait pas à cacher les taches sur son corps. Ce journaliste de télévision avec sa caméra à l'épaule s'avérait être un étalon blanc et à ses côtés la jeune fille qui l'assistait, une petite chienne. A l'aide des deux griffes de devant elle soulevait le câble électrique et caracolait ainsi derrière l'étalon, ce qui était terriblement plaisant à contempler. Parmi les reporters de la presse se trouvaient des lapins, des ânes, et il y avait même un petit cochon à la tête rondouillette. Quant à la foule alentour elle était composée de vaches, de chevaux, de moutons, et il y avait même une tortue, plus large encore qu'une meule. Pris de stupeur je faillis m'évanouir, je m'imaginais victime d'un trouble nerveux, ou en train de faire un rêve, oui tout était un rêve, et le repas de viande de tigre, la baignade dans ce trou au cœur de la glace eux-mêmes étaient des éléments de ce rêve. Je me pinçai la cuisse, la douleur me lança jusqu'au cœur, preuve que je n'étais pas en train de rêver. Mais cette jambe pincée, cette douleur elle-même, et si tout cela faisait aussi partie du rêve ? J'ouvris la bouche et me mordis le majeur jusqu'à ce que le sang coule, ceci parce que mon grand-père autrefois avait l'habitude de dire, si tu te trouves face à quelque chose de nature démoniaque et qu'il n'y ait pas de salut possible, tu peux toujours te briser le majeur avec les dents, le sang tiré du majeur d'un homme possède un puissant pouvoir d'exorcisme, d'une efficacité nettement supérieure à celle du sang de chien noir. Je voyais bien le sang se répandre sur la glace, mais rien dans la scène au-devant de moi ne voulait changer. Le léopard, tout à l'heure encore une adolescente russe, avait cessé de pleurer, accroupi devant moi il tendait la langue et lapait avec effusion mes mains tachées de sang. Une langue couverte d'épines de chair, à chaque contact j'étais comme parcouru par une décharge électrique. D'effroi j'en perdis deux âmes et demie sur trois [22], recrachant alors avec précipitation la moustache de tigre je sautai hors du trou de glace et m'enfuis à toutes jambes, et c'est nu comme un ver que j'arrivai sur la rive du fleuve. Comme je me retournais, les bêtes avaient disparu, seuls une foule de gens hilares se tenaient debout sur le fleuve. Je baissai alors la tête et constatai ma condition, rien de plus honteux, je n'eus pas le courage de retourner chercher mes vêtements, sur la berge heureusement je trouvai un vieux sac d'engrais chimiques, le ramassai à la hâte et m'en recouvrant les parties honteuses, foulant pieds nus une épaisse couche de neige, m'en retournai à la baraque de mon vieux compagnon d'armes. Là je racontai l'aventure du fleuve. Il demanda ce qu'il était advenu de la moustache de la tigresse, et comme j'avouais l'avoir recrachée, manifesta une vive consternation : triple abruti, tu tiens un trésor et tu le recraches ? Des générations de chasseurs rêvent d'obtenir une moustache de tigre de cette espèce et pas un qui y soit parvenu. Il s'agit d'un trésor sans prix, qui vaut autant d'argent que la perle antique, nocturne et lumineuse du grand océan, autant que Bébé Ginseng[23], l'homoncule capable de changer de forme caché au fin fond des forêts anciennes et des montagnes profondes. Si seulement on possédait pareille moustache mon pote, à nous le vin et les petites pépées à perpète ! Eh bien, dis-je, je sais où je l'ai crachée, on retourne la chercher, voilà tout. Il secoua la tête : lorsque tu l'as crachée, elle s'est immédiatement enfoncée pour disparaître dans les profondeurs, il est tout simplement impossible de la retrouver… C'est ainsi que mon compère me raconta la légende et ce qu'il est bon de savoir concernant la moustache de tigre. A l'origine, seul un tigre ayant mangé du vieux ginseng des montagnes, ou mandragore, possédait pareille moustache follette, en outre, seul l'un des poils de la moustache était animé, enfin le cas étant si rare, eût-on réuni mille tigres qu'il n'eût pas été certain d'en trouver un à qui il en fût poussé une. Lorsque ce genre de tigre est sur le point de mourir, la moustache follette se détache alors de son propre mouvement, et après être tombée au sol, en l'espace d'un clin d'œil s'enfonce profondément jusqu'aux Sources Jaunes de l'enfer, impossible à récupérer. Si aujourd'hui il t'a été permis de t'en saisir c'est parce que la tigresse est morte sur la glace, où la moustache s'enfonce plus lentement, mais à l'heure qu'il est, elle est déjà parvenue au fond du fleuve. Je me mis à me donner de grandes claques sur la bouche tellement je m'en voulais, mais mon compère m'arrêta : c'est aussi bien de l'avoir perdue, si tu en possédais vraiment une ce serait tout un tas d'emmerdements. Vois-tu, depuis toutes ces années il y a seulement un type de la province du Shandong qui ait réussi à obtenir cette moustache de tigre, et toi tu es le deuxième. Ce type du Shandong comme il s'en retournait chez lui l'avait pour la transporter enfermée dans une bouteille de verre. Arrivé devant la porte il la fit glisser hors de la bouteille, se la colla entre les lèvres et rentra dans la cour où il vit un vieux clébard en train de laper une casserole, c'est à cela qu'il sut que sa mère était la transmutation d'une chienne. Ensuite il vit s'avancer un cheval avec une pioche sur le dos, dans lequel il reconnut son père. Il avait suffi d'un instant et il avait percé à jour les vanités de ce monde, il cracha la moustache et déclara, mère, tu n'es qu'une chienne, père, tu n'es qu'un cheval ; les parents prirent la mouche. Le couple courut à la ville dénoncer le manque de piété filiale dont faisait preuve le fils. Quand les gendarmes de la préfecture vinrent le chercher pour l'emmener au tribunal et le soumettre à un interrogatoire, ils le trouvèrent mort, pendu à une poutre [24]. Avant de mourir, il avait laissé ce poème : « Mère est un vieux chien, vieux père un cheval, chacals loups mâtins tiennent le tribunal. En suçant ce rien, la moustache follette, j'ai compris enfin comme le monde est bête. »

Le vieux et la vieille échangent un regard chargé de mystère, après quoi celle-ci s'exclame : eh bien qui aurait dit, et tout jeune avec ça, avoir déjà vécu pareille aventure ! A nous deux réunis, les vieux, on totalise trois cents ans et c'est bien la première fois qu'on entend le prodige de la moustache de tigre, et vous, à cet âge insignifiant, vous êtes déjà passé par tout ça, c'est pas banal. Et je sais ce que je dis, déjà autrefois, sous la période la plus florissante des Qing, l'empereur Kangxi exigea à plusieurs reprises des chasseurs du nord-est qu'ils fournissent une moustache de tigre. Si seulement on pouvait posséder une telle moustache il serait autrement plus facile de faire passer l'examen aux fonctionnaires et de nommer les mandarins, qui est la transmutation de quoi, voilà qui sauterait aux yeux, nommerait-on un général qu'il suffirait de choisir parmi les panthères et les tigres ; nommerait-on un fonctionnaire, parmi les animaux qu'on dit aquatiques. Mais en vérité la moustache follette restait bien trop difficile à obtenir, pour elle dieu sait combien de chasseurs du nord-est se sacrifièrent entre les crocs des tigres, combien de pauvres types eurent les fesses réduites en compote sous les coups de bâton des fonctionnaires locaux. Ils parvenaient bien chaque année à fournir plusieurs dizaines de moustaches de tigre, mais pas une qui ne fût follette. En définitive l'empereur lui-même perdit confiance et commença de penser que tout cela n'était qu'une belle légende. Pourtant ce genre de moustache existe bien ; simplement elle ne vient pas au jour comme ça. Vous venez de parler d'un gars du Shandong qui en possédait une, eh bien il s'agit d'un de nos parents, une branche lointaine. Et la vieille ajoute, en vérité les descendants de Confucius pour arriver à déterminer de quelle extraction sont les gens se passent fort bien de moustache, cela étant, ils n'utilisent pas ce genre de procédé à la légère. On raconte que lorsque Yuan Shikai avait été nommé en tournée d'inspection au Shandong, il poussa l'outrecuidance jusqu'à faire payer l'impôt à la maison de Yan Shenggong. Fou de rage, ce dernier fit apprêter un attelage et dépêcha ses gens pourvus d'une invitation auprès de son bon ami Zhang Tianshi [25]. Une fois rendus à la maison de Confucius, en entendant le récit de la conduite injustifiable de Yuan Shikai, Zhang Tianshi piqua une terrible colère : mais qu'est-ce qu'il a avalé cet énergumène, des couilles de panthère ?

Oser faire peser l'impôt sur la tête de Yan Shenggong, n'est-ce pas se jeter au-devant de la mort ? Dis-moi comment tu envisages de le faire châtier et je me ferai un devoir de m'en charger, s'il doit mourir qu'il périsse sur-le-champ. En homme de bonté qu'il était, Yan Shenggong déclara : après tout il s'agit d'un fonctionnaire impérial, d'un grand ambassadeur aux frontières, d'un homme qui une fois en poste dans notre Shandong sut chasser ces bandits Boxers et faire taire les partis d'opposition, et à ce titre au moins il faut reconnaître qu'il a su faire le bien, bien sûr il a offensé notre famille, mais un crime de cette espèce ne mérite tout de même pas la mort, contente-toi d'appréhender son être propre, fais-moi donc voir de quoi il est la transmutation, et ensuite de lui faire endurer quelques petites misères, histoire de rabattre un peu toute cette arrogance. Zhang Tianshi s'inclina : voilà qui est bien dit, permets-moi alors de faire agir la magie. Jetant sur ses épaules sa cape de prêtre taoïste, dénouant sa chevelure, il brûla d'abord quelques charmes, après quoi, brandissant un sabre en bois de pêcher, il fit agir. Passé quelques instants, il revint se présenter auprès de Yan Shenggong : ma modeste personne vient d'appréhender Yuan Shikai, si Son

Excellence veut bien se donner la peine de m'accompagner contempler le spectacle. Regarde un peu, dit-il après l'avoir mené auprès d'une grande jarre, Yuan Shikai est là. A peine Yan Shenggong eut-il plongé la tête dans la jarre où baignait une grosse tortue molle à l'œil interloqué qu'il éclata de rire : en vérité qui l'eût cru, le noble inspecteur aux régions se trouve être un cocu [26] ! Ne serait-il pas temps maintenant, demanda Zhang Tianshi, de lui raviver un peu la mémoire ? Yan Shenggong inclina la tête : en effet, tourmentons un peu la bête, qu'elle en tire une leçon pour l'avenir. Sortant de son vêtement une longue aiguille d'argent, le Mage la planta sur la tête de la tortue, puis il dit : laissons donc le grand inspecteur Yuan goûter tranquillement à la chose et allons plutôt nous rafraîchir le gosier ! Inutile de dire ici l'art et la manière avec lesquels les deux hommes réunis dans la grande salle des banquets s'adonnèrent à bouche que veux-tu aux plaisirs de la table et du vin, et parlons plutôt de Yuan Shikai. Le grand Yuan, comme il était en train d'annoter un document officiel dans sa résidence, fut soudain pris d'une terrible douleur au cerveau, aussi terrible ma foi que si on lui avait planté une aiguille dedans. Il s'affola, fit venir le médecin, ingurgita des potions, se livra à l'acupuncture, aux massages, la peine ne diminua en rien, au point qu'il se roulait par terre comme un mulet, pleurait de douleur, invoquait lamentablement le ciel vers qui toutes traces de noblesse et de prestige semblaient irrémédiablement s'envoler, disparaître, pour se dissoudre dans quelque stratosphère. Enfin, la douleur se faisant de plus en plus aiguë, il fit mander son secrétaire particulier à qui il se préparait à transmettre la suite des affaires. Ce dernier, qui comme la plupart des gens de sa profession s'y connaissait un tant soit peu en matière de pratiques occultes, déclara : Votre Excellence, à bien y regarder votre humble serviteur considère que la maladie de Votre Excellence n'est pas une maladie, mais qu'elle est le fait de quelque personne que Votre Excellence aurait offensée ! Yuan Shikai, qui s'efforçait de contenir la douleur pour arriver à réfléchir, finit par dire : en arrivant au Shandong, le modeste fonctionnaire que je suis n'a fait qu'appliquer scrupuleusement les directives de la cour dans la marche des affaires, s'il y a des gens à qui j'ai pu causer du tort ce ne peut être que ces bandits Boxers et autres fauteurs de troubles, se peut-il que ce soient eux qui usent ainsi d'un charme et s'en prennent à moi ? Non, répondit le secrétaire, ces gens ne sont que des rebuts indignes du nom d'homme, plus vous en tuez, plus vous vous attirez les bonnes grâces du ciel, non, ce dont je veux parler c'est d'un grand personnage auquel vous auriez fait quelque tort d'une manière ou d'une autre. Yuan Shikai eut beau réfléchir longtemps, il n'arrivait pas à se souvenir du moindre grand personnage auquel il aurait pu faire du tort. Il n'y a pas plus d'un an que je suis au Shandong, dit-il, des choses que j'ai pu faire ici tu sais tout, livre-moi donc toi-même un nom. Le secrétaire s'inclina : votre humble serviteur a l'audace de penser que Votre Excellence n'aurait pas dû faire percevoir de force l'impôt sur la maison de Yan Shenggong. Mais tous sont sujets du Fils du Ciel, rétorqua Yuan Shikai, sur quel droit s'appuie sa maison pour ne pas avoir à s'acquitter de l'impôt ? Si tout le monde suivait cet exemple de quoi nous nourririons-nous, nous les fonctionnaires, du vent du nord et de pets de lapins ? Qui plus est, entre moi, fonctionnaire affligé d'un mal de tête, et le règlement des impôts de la maison du Saint Homme, quel rapport peut-il bien y avoir ? Il n'eut pas le temps de finir sa phrase qu'il fut pris d'une nouvelle et fantastique poussée de douleur, il roula au sol en s'agrippant la tête à deux mains, le mal lui arrachant d'extraordinaires beuglements : pauvre fils de ma mère, je crève de douleur ! Le secrétaire intervint : Votre Excellence, la famille du Saint Homme ne paie pas l'impôt, ceci est une coutume que nos plus lointains ancêtres nous ont transmise, je suggère que nous continuions d'agir selon la tradition, rien n'oblige à vouloir jouer les héros plus avant. Le vieux Yuan abdiqua : comme tu l'entends, comme tu l'entends, que je n'aie plus mal à la tête, tout le reste m'indiffère. Puisque Votre Excellence le commande, votre humble serviteur se permet donc de prendre les choses en main. Et l'autre de le presser : fais vite, vite, qu'importe la manière. Sur-le-champ le secrétaire fit préparer un monceau d'objets en or et en argent, quantité de soies et de satins, de porcs vivants et de poulets piaillant, de bœufs entiers et de moutons auxquels rien ne manquait, ajoutez à ça choux, nouilles et autres présents de toutes sortes, le tout transporté sur une dizaine de grandes voitures auxquelles on adjoignit une multitude de gens qui battant cloches, tambours et trompettes progressèrent de Jinan à Qufu. L'annonce de leur arrivée à la maison

Yan plongea Zhang Tianshi et Yan Shenggong dans la plus grande hilarité. Allons vieux frère, dit ce dernier, tu peux reprendre ta magie maintenant. Zhang Tianshi rechignait : laissons-le donc encore un peu endurer, qu'il en garde longtemps la mémoire. Libère-le donc, dit Yan Shenggong, libère-le donc, après tout c'est un homme de talent comme il y en a peu, et à l'heure actuelle la grande dynastie Qing compte encore sur ses services, s'il venait vraiment à mourir, comment rapporterions-nous la chose en haut lieu ? Zhang Tianshi s'adressa alors à la tortue molle qui roulait fébrilement sur elle-même dans la jarre et lui dit, regarde bien le visage de Yan Shenggong, voilà l'homme à qui tu dois une vie ! Après quoi, récitant quelque incantation magique, il retira l'aiguille de la tête de la tortue. Du fond de sa jarre, fixant les deux hommes, à chacun celle-ci fit un petit hochement de tête. Lorsque le secrétaire regagna Jinan, Yuan qui avait déjà recouvré la santé le fit entrer dans son cabinet et, joignant les deux mains, s'inclina avec une profonde ferveur : monsieur mon sauveur, infiniment merci. Politesse que le secrétaire s'empressa de lui rendre : je prie Votre Excellence de ne rien en faire, je ne saurais avoir la bonne fortune de mériter tant d'honneurs, s'il faut remercier quelqu'un c'est bien Yan Shenggong. Et moi qui croyais, soupira Yuan Shikai, que la seule puissance d'une armée rendait libre et capable d'imposer sa loi, j'étais loin de penser que j'essuierais un tel revers au Shandong ! Mais, intervint le secrétaire, même le vieil empereur Kangxi avec toute sa morgue, tout investi des dieux qu'il était, quand il se rendait au temple de Confucius descendait chaque fois de cheval et se prosternait trois fois, aussi les petits désagréments dont vous avez pu faire les frais entre les mains de Yan Shenggong sont-ils bien peu de chose, qui plus est, votre serviteur croit sincèrement que si Votre Excellence voulait se donner la peine de nouer de bonnes relations avec ce personnage, elle en retirerait bien des avantages. Pensez donc, Yuan Shikai n'était pas la moitié d'un idiot, à dater de ce jour, et ce une à deux fois par semaine, on put voir une file de voitures chargées de nombreux présents quitter les réserves de la résidence du grand inspecteur en direction de la maison de Yan Shenggong. Il ne fallut pas deux ans à Yuan Shikai pour gravir les échelons du pouvoir et s'en aller vers la capitale prendre de nouvelles fonctions.

Plus la vieille parle, plus elle s'éloigne de notre moustache de tigre ; ce qu'elle évoque par ailleurs n'est pas sans intérêt. Moi-même, encore enfant, écoutant les vieillards raconter les temps anciens, j'avais déjà entendu dire que Yuan Shikai était la réincarnation d'une tortue et que dans sa résidence se trouvaient entreposées de nombreuses jarres remplies d'eau pure. On rapportait qu'après avoir passé du temps à régler une affaire, le grand Yuan inéluctablement sentait le besoin de venir s'y baigner un moment. Manifestement, même si on a déjà accompli sa réincarnation et que l'on est devenu un homme, la nature de la tortue reste entière et difficilement modifiable. A l'époque, l'eau courante n'existait pas, l'approvisionnement en eau des résidences se faisait entièrement à dos d'homme et le nombre des porteurs d'eau de la résidence de Yuan Shikai était nettement plus important que partout ailleurs. Plus tard encore, ayant grandi, étudiant en histoire, je tombai sur un texte, un fait historique attesté, où il était dit que Yuan Shikai, quand il se trouvait à la tête du gouvernement du Shandong, dans sa frénésie à vouloir mater le mouvement Boxer, avait engendré un grand mécontentement dans la population, le texte mentionnait que sur le mur-écran[27] situé derrière la porte de la résidence du grand inspecteur, on était venu dessiner une énorme tortue au côté de laquelle se trouvait inscrit le poème suivant : « Tuons la ronde tortue, passerons de bonnes fêtes. Tuons l'œuf rond du cocu, mangerons que le ventre en pète. » La chose alarma très sérieusement Yuan Shikai, car si quelqu'un était capable de venir dessiner au-delà même de la porte de la résidence du grand inspecteur placé sous contrôle strict de la garnison, c'était que cette personne, un être indubitablement doué d'un courage hors norme et champion des arts martiaux, pouvait, si elle le désirait, à tout moment et sans trop d'effort, l'atteindre et le tuer. Bien plus tard j'eus l'occasion de me rendre au lac Tai et là, juché sur celui de ces petits îlots qu'ici on appelle Yuan, ou Tête de Tortue[28], j'ai enfin compris pourquoi les gens insistaient tant pour dire que Yuan Shikai était la métamorphose d'une tortue. Est Yuan qui vient de Yuan.

Et voilà, le vieux vient de finir le jus que contenait l'ensemble des raviolis du plat. A l'aide de ses deux mains tapissées d'écailles il ramasse l'ensemble des coins de raviolis sur la table et les remet dans le plat où ils viennent se mêler aux raviolis mordus. Le plat est à nouveau complet, seul le jus fait défaut. Il vient le poser devant nous, affichant un sourire bienveillant et produisant éructations sur éructations – c'est qu'il s'est rassasié, le bougre. Mon sang ne fait qu'un tour, poussé par la fureur et l'indignation, me jugeant la victime d'un terrible outrage, m'appuyant des deux mains au rebord de la table je me redresse et dis en bégayant : qu'est-ce que ça veut dire ? Vous nous prenez pour des miséreux… ? Jeune homme, répond la vieille avec un sourire froid, asseyez-vous, asseyez-vous donc, il est inutile de s'énerver autant. Dans le regard qu'elle me lance je perçois quelque chose, une substance, une force diabolique à vous faire dresser les cheveux sur la tête. Je ne peux faire autrement que de me rasseoir, à la fureur succède le sentiment hébété de ne pas être tout à fait sûr de mon bon droit, comme si nous leur devions des comptes. Et la vieille continue : vous vous imaginez sans doute être quelque grand personnage ? Se peut-il que vous soyez de plus noble extraction que l'empereur Guangxu ? Des raviolis qu'il mangeait, pas un qui n'ait été préalablement mordu par notre vieux. Voyez, l'empereur lui-même avec toute sa noblesse n'aurait pas fait la fine bouche, et vous regardez-moi ça, ça vaut pas un clou et ça vient ici péter plus haut que son cul. Encore une fois, envie de manger ? alors perdez pas de temps et expédiez-moi ça en vitesse, pas envie de manger ? alors payez la note et foutez-moi le camp immédiatement, et que je ne vous revoie plus, si je vous revois je vous garantis que ce sera pas d'un bon œil. J'aurais voulu encore en découdre mais Make me tire par le coin de la veste : n'en parlons plus mon gars, assieds-toi et mange, quand le toit est trop bas il n'y a plus qu'à baisser la tête, en héros qui sait suivre la conjoncture. Disant cela il pique un ravioli crevé et se le fourre en bouche. Dès l'instant où le ravioli a pénétré dans sa bouche, je vois son expression changer du tout au tout, ce que je vois sur son visage c'est la surprise mêlée au bonheur, une indubitable surprise, un inimitable bonheur. Il ne s'occupe plus de moi, le premier ravioli crevé n'est pas même dégluti qu'il s'en colle un second sous la dent. Il jette les baguettes qui l'encombrent, attrape à pleines mains et enfourne. Je doute encore, je demande : c'est bon ? Il m'ignore tout simplement, c'est-à-dire qu'il ne me répond pas, ne prend pas la peine de lever les yeux vers moi. Un par un il se bourre la bouche de raviolis, il en est tellement gavé qu'il en a les joues enflées. Encore cinq minutes et il se sera envoyé la totalité du plat. L'odeur est on ne peut plus savoureuse, elle me perce la gorge et le nez, la chose est patente. Après tout, quoi, deux fils de paysans, c'est ce que nous sommes Make et moi, s'il n'est pas répugné, quelle raison aurais-je de faire le dégoûté ? S'il se rue ainsi sur le plat à bouche que veux-tu, pourquoi est-ce que je continuerais à jouer les proprets ? Puisque c'est moi l'imbécile qui régale, autant manger, au moins je ne serai pas venu en vain. Du bout des doigts, je pince un ravioli et le porte à ma bouche. A peine l'ai-je englouti que je sens tout ce ridicule, tout cet amour-propre s'évanouir, les gens disent des raviolis qu'ils sont la meilleure chose au monde, mais oui, rien n'est plus vrai. A quoi sont-ils farcis ? je demande, et j'ajoute avec candeur, de ma vie vraiment jamais je n'ai mangé d'aussi bons raviolis. Ton ami, demande la vieille, c'est bien de la viande de tigre qu'il voulait manger, n'est-ce pas ? La viande de tigre on n'en fait pas, mais hier dans la nuit on a attrapé un gros rat, une fois écorché et haché menu il y avait bien là de quoi vous préparer quelque chose de frais. Comment trouvez-vous, pas mauvais le goût, hein ?

Quelle horreur ! Vous êtes ignobles, dis-je, je vais de ce pas vous dénoncer au bureau de l'industrie et du commerce ! Allez donc, dit la vieille en souriant, dénoncez donc, on brûle d'envie que vous alliez nous dénoncer, le directeur du bureau de l'industrie et du commerce est notre petit-fils !

L'un derrière l'autre le vieux et la vieille s'en retournent vers la pièce du fond, de l'intérieur flip flap flop s'échappe à nouveau le bruit de la farce qu'on hache. Je bouillonne de colère, je souffle comme un bœuf, alors que Make mastique toujours : endure mon gars, dit-il, endure, puisque le directeur du bureau de l'industrie et du commerce est leur petit-fils on ne tirera rien de bon à aller les dénoncer, mauvais chasseur manque le renard et ne ramène que l'odeur. D'ailleurs, faut reconnaître que ces raviolis ne sont vraiment pas quelconques, du moment que c'est bon, pourquoi se soucier de savoir de quelle viande il s'agit ? Après tout la viande de rat n'est pas un poison, les Cantonais n'en voient pas sans qu'il leur jaillisse des étincelles des yeux ! Effectivement, dis-je, ces raviolis ne sont pas mauvais, mais jamais je n'ai commandé de la farce de rat, c'est sans me demander mon autorisation et de force qu'ils m'en ont servi, ils ont donc contrevenu à la loi ! Ecoute mon gars, dit Make, je commence à me rendre compte que ces quelques années d'existence en ville t'ont rendu légèrement sinoque. Qu'importe la viande puisque ça se laisse manger, qu'importe que le chat soit noir ou blanc, s'il attrape le rat c'est un bon chat[29], de même qu'importe la farce, si t'es ravi c'est un bon ravioli ! Et moi d'insister : eh bien moi je marche pas, on me la fait pas avaler celle-là ! Oh toi, dit-il, tu vas me faire le plaisir de te rasseoir et d'écouter un peu l'histoire que j'ai à te raconter, cette histoire n'est pas une invention à moi mais un truc absolument véritable où tout, les gens, les choses, tout, est incontestablement authentique. Si après l'avoir entendue tu veux encore porter plainte, va donc, en aucun cas je ne t'en empêcherai, mais pour l'instant tu dois t'asseoir et m'écouter.

L'histoire de Make il me semble bien l'avoir déjà entendue ailleurs, à une tout autre époque, si ancienne maintenant, et je ne me souviens plus guère des détails… C'était dans les premières années de la république, raconte-t-il, disons aux environs de 1912, un jeune garçon venait d'atteindre sa quinzième année ; si on l'avait appelé Soixante c'est que son père était déjà âgé de soixante ans quand il fut mis au monde. Soixante était de Shakouzi, un village voisin du nôtre, il est mort il y a quelques années à peine, tu dois certainement t'en souvenir, n'est-ce pas ? Il perdit son père très jeune, et ne pouvant compter que l'un sur l'autre la mère et le fils connurent une existence difficile. Fils de pauvre, trop tôt appelé à diriger un foyer, Soixante dès l'âge de quatorze ans, accompagnant quelques gars du village, s'en alla vers le district de la montagne du Sud faire du colportage, et à quinze ans il travaillait déjà à son compte. Cette fois-là il était donc parti dans la montagne du Sud fourguer une petite charretée de cotonnades et s'en retournait chez lui poussant charrette. A mi-chemin il fut soudain pris d'un besoin pressant, au bord de la route s'élevait justement une tombe en forme de petite colline, devant la tombe se dressait une haute stèle en pierre, devant la stèle soldats et chevaux montaient la garde, en pierre eux aussi, enfin derrière la tombe on avait planté quelques pins, noirs comme l'encre, tout cela venait vous glacer le sang dans les veines. Soixante avait beaucoup de peine à se contenir, sans penser plus avant il abandonna la charrette et courut derrière la tombe où avec précipitation il se soulagea de ce qui le pesait. Juste comme il se préparait à remonter son pantalon et à s'éloigner, il fut pris sur le fait par un homme qui l'agrippa fermement et lui dit: eh bien mon pote, on peut dire que t'as des couilles au cul toi, venir ici lâcher un colombin, tu sais ce que c'est que cet endroit? C'est la tombe de la famille du Seigneur bachelier, un fengshui de première, en chiant ici tu as gravement souillé le fengshui, sais-tu seulement ce que ça encourt un crime pareil? Soixante était mort de peur, il n'en finissait pas d'implorer pardon: grand-oncle, grand-oncle, laisse-moi donc aller, je ne le referai plus. Epargne un peu ton boniment veux-tu, dit l'homme, et suis-moi plutôt voir le seigneur. Soixante lutta avec l'énergie du désespoir, mais la poigne de l'homme était animée d'une force presque surhumaine et toute cette gesticulation était peine perdue. Comptant sur quelque vilaine récompense, l'homme traîna donc Soixante jusque chez le propriétaire de la tombe. Ce dernier était le plus gros propriétaire foncier à la ronde, de belle allure, la mine imposante, nombreux au village sont les vieux qui se souviennent de l'avoir connu. En entendant le récit des faits, ce seigneur fut pris d'une colère noire, se faisant accompagner de son contremaître fusil à l'épaule, il ramena de force Soixante à la tombe, là il lui déclara : en vérité, il faudrait te fusiller sur-le-champ, cela étant, eu égard à ton jeune âge, bien temporairement nous t'épargnons la vie, mais tu devras d'abord manger ce que tu as abandonné ici. Soixante ne voulut pas manger, il fut battu, le cul pilé à coups de crosse, les côtes brisées à coups de canne, la douleur était telle que personne n'aurait su la supporter. Il n'avait pas le choix, Soixante prit sur lui et mangea. Le souvenir de cette humiliation resta gravé en lui jusqu'à l'os, jamais cependant il n'en dit mot à sa mère, de peur de l'inquiéter. Il n'était plus question d'aller dans la montagne du Sud, il se tourna vers la montagne du Nord, là on produisait un poignard effilé, il en acheta un, prêt à se venger. Soixante était fermement convaincu que si les deux montagnes jamais ne se rencontreraient, les deux hommes eux étaient très certainement destinés à se croiser. Et le jour arriva. Au village, tous les cinq jours, comme tu sais, c'est grand marché. Un jour donc que Soixante était sur le marché en train d'acheter de la pâte de crevettes, soudain il aperçut le grand propriétaire qui venait dans sa direction, entouré d'une suite imposante et bruyante. L'ennemi en vue, l'œil rouge prêt à sortir de l'orbite, Soixante sentit le sang lui affluer au cerveau par flots successifs et son corps se dérober sous le coup d'un irrépressible tremblement. Il brûlait d'envie de se ruer en avant et de mordre à pleines dents la gorge de son ennemi, mais le propriétaire était accompagné de quatre gardes du corps tous plus impressionnants les uns que les autres et il paraissait difficile d'agir avec trop de précipitation. Il retourna donc chez lui, exhuma le poignard et le porta sur la meule pour l'aiguiser. Sa mère lui demanda : mon fils, à quoi sert d'aiguiser ce couteau ? Soixante raconta alors la chose dans tous ses détails. La mère resta longtemps absorbée dans ses pensées, enfin elle demanda de nouveau : mon fils, comment comptes-tu régler cette affaire ? J'ai été terriblement humilié, affreusement outragé, je ne suis que haine, je ne vis que pour me venger, le sang doit couler, autrement je ne puis décemment prétendre être un homme. Mon fils, si tu cherches la vengeance à tout prix, alors celle qui prétend être une mère, tu dois tout d'abord la tuer. Mère, pourquoi parler ainsi ? Mon fils, réfléchis un peu, les gardes du corps de ces grands propriétaires tous sans exception sont des maîtres dans l'art du combat, ils ont l'air d'aller à mains nues mais ils cachent très certainement des armes en quelque partie de leur corps, au mieux un couteau, au pire un pistolet, quand bien même ils iraient effectivement les mains nues, un enfant comme toi ne saurait faire le poids. Si malgré tout tu persistais à vouloir en découdre, si tu parvenais quand même à tuer ton ennemi, tu n'encourrais pas moins certainement la mort. Toi mort, la vie de ta mère n'aurait plus aucun sens, aussi vaudrait-il mieux qu'elle meure avant que tu ne partes, de sorte que tu n'aies plus à t'inquiéter pour elle. En entendant sa mère tenir pareil langage, pris entre sa piété filiale et son désir de vengeance, Soixante se sentait incapable de la moindre décision. Mon fils, poursuivit-elle, accepterais-tu de t'en remettre à ta mère ? J'accepte, répondit le jeune homme. En premier lieu, dit-elle, donne-moi ce couteau, ensuite va te changer, cours au marché voir ce propriétaire et invite-le à venir manger chez nous, s'il te demande qui tu es réponds simplement que c'est sur ordre de ta mère que tu transmets cette invitation. Tu n'as qu'à faire en sorte qu'il se présente chez nous, le reste ne t'en soucie pas. Soit, dit Soixante, ça ou autre chose, j'ai bien été jusqu'à manger de la merde, je peux tout endurer maintenant. Mère attends-moi ici, je cours le trouver. Il se rendit donc au marché, apercevant le propriétaire il se courba jusqu'à terre et l'appelant vénérable bienfaiteur l'invita, suivant en cela l'ordre de sa mère, à venir chez lui se reposer un instant. Le vénérable bienfaiteur eut beau rouler les yeux au ciel et battre de la paupière pendant cinq minutes, il n'arrivait pas à se souvenir qui pouvait bien être ce charmant jeune homme si attentionné. Qui es-tu, demanda-t-il, il ne me semble pas te connaître. Notre vénérable bienfaiteur ne me connaît pas, répondit Soixante, mais moi je connais notre vénérable bienfaiteur, si notre vénérable bienfaiteur veut bien se donner la peine de se rendre jusqu'à notre misérable demeure il pourra s'y reposer et boire une tasse de thé. A s'entendre ainsi appeler vénérable bienfaiteur devant tant de gens rassemblés, le propriétaire n'était pas peu fier, la chose eut même pour effet de le mettre en joie. C'est parfait, dit-il, passe devant et montre-nous donc le chemin. Soixante ramena donc l'homme chez lui, deux des quatre gardes se postèrent en faction devant la grande porte, les deux autres restèrent dans la cour à faire tranquillement les cent pas, toute vigilance endormie. En voyant le propriétaire la mère fléchit la jambe, se mit à genoux, après quoi elle frappa le sol du front tout en disant : merci vénérable bienfaiteur d'avoir épargné la vie de mon fils, veuillez accepter de la part d'une vieille femme ces trois prosternations et ces neuf coups de tête [30], ainsi fit-elle, tant et si bien qu'elle réussit à plonger le propriétaire dans la plus grande confusion, il s'empressa de venir la relever : ma bonne dame, jamais de la vie nous ne nous sommes rencontrés moi et les membres de cette famille, en aucun cas je ne saurais être digne de ces cérémonies qui me jettent à vrai dire dans le plus grand embarras, veuillez je vous prie me révéler le fin mot de ces mystères de sorte que je ne m'inquiète pas plus avant. S'inquiéter ? Mais pourquoi faudrait-il s'inquiéter ? demanda la mère de Soixante, que notre vénérable bienfaiteur veuille bien se donner la peine de venir s'asseoir sur le kang [31] le temps que la vieille femme que je suis aille tuer la poule et vider le canard, de quoi préparer un repas digne de son hôte. Je ne m'assoirai nulle part avant que vous ne m'ayez dit de quoi il retourne, dit enfin le propriétaire avec fermeté. Puisqu'il en est ainsi, répondit-elle, mon fils, fais donc clairement à notre bienfaiteur le récit des bontés qu'il a eues pour toi ! Soixante n'avait pas dit un mot jusqu'ici, œil de braise, fureur contenue, il affectait même un ton joyeux et décontracté sur lequel il demanda : se peut-il que notre vénérable bienfaiteur ait oublié ? Il y a cinq ans, au printemps, dans les premiers jours d'avril, le 8, j'avais alors quinze ans, parti dans la montagne du Sud fourguer une petite charretée de cotonnades, je passais devant la tombe de votre famille quand à cet endroit, bien incapable de me contenir en vérité, je lâchai un petit colombin… Le propriétaire changea subitement d'expression, comme s'il avait l'intention de gagner la porte. Notre vénérable bienfaiteur n'a pas de raison de s'inquiéter, déclara la mère de Soixante, ces cinq dernières années mon fils a parcouru tout le pays, trouvant à étudier chez les maîtres les plus remarquables, auprès desquels il apprit une technique de lancer de couteau d'une rare ingéniosité, qu'une hirondelle vienne à traverser le ciel, il n'a qu'à lever le bras pour qu'elle tombe raide morte. S'il avait seulement voulu attenter à votre vie, vous aussi seriez tombé raide mort sur le marché il y a deux heures de cela. Et plongeant la main dans son giron elle produisit le poignard aux reflets scintillants. Aussitôt le front du propriétaire fut parcouru d'une sueur froide. Elle leva la main et lança le poignard au plafond qui vint se planter à l'extrémité de la poutre exactement, le mouvement exécuté avec une singulière vigueur qui s'accordait mal à une personne de son âge – on voyait tout de suite qu'on avait affaire à une lanceuse éprouvée – laissa pantois non seulement le propriétaire, mais plus encore Soixante lui-même. Racontant plus tard la chose à ses enfants, il répéterait souvent : « Homme de bien ne montre rien, homme de jeu dévoile son peu », nous enseigne le dicton, il m'a fallu patienter vingt ans de vie commune pour découvrir que votre grand-mère était douée d'une telle virtuosité. Le propriétaire qui comptait encore sur la chance et pensait pouvoir envoyer un signal aux gardes du corps pour qu'ils interviennent, quand il vit l'adresse dont faisait preuve la bonne femme, comprit alors ce qu'il lui restait à faire. Il balança la manche en signe de révérence, se prosterna devant la mère et le fils et déclara : madame, mon prince, autrefois, dans un moment d'égarement, j'ai commis un crime impardonnable, aujourd'hui que je suis entre vos mains, tuez, tranchez, coupez, faites de moi ce qu'il vous plaira ! La mère s'avança et le releva : à quoi bon ressasser le passé, que notre vénérable bienfaiteur se lève au plus vite. Le propriétaire joignit les mains et remercia : mille fois merci, madame, d'avoir eu la bonté d'épargner ma vie. Votre serviteur peut-il se permettre maintenant de prendre congé ? Soixante fixait sa mère avec anxiété ; on ne peut le laisser partir ! cria-t-il. Mais sa mère poursuivit sur le même ton : mon fils, raccompagne donc notre vénérable bienfaiteur à la porte ! Une fois dans la cour le propriétaire ajouta : madame, mon prince, nous aurons certainement l'occasion de nous revoir ! L'homme parti, Soixante était particulièrement mécontent, contre sa mère d'abord, qui l'avait laissé filer, contre le propriétaire ensuite, pour qui sa haine n'avait pas disparu. Sa mère rit, elle dit : il ne passera pas dix jours sans qu'on le voie revenir. Et comme elle l'avait dit, cinq jours plus tard, au grand marché suivant, le propriétaire conduisant lui-même une voiture vint présenter sa fille, par-derrière une file de véhicules déployée sur pas moins de deux cent cinquante mètres convoyait le trousseau. Et c'est ainsi que Soixante devint le gendre du propriétaire, et par la même occasion l'homme le plus riche du village.

Le vieux et la vieille sortent à ce moment-là de la pièce du fond, portant un plat de raviolis.

La mine réjouie, la vieille dit à Make : jeune homme, vous savez très bien raconter les histoires, celle que vous venez de nous faire entendre comporte au moins deux morales, la première dit qu'une vengeance en appelant toujours une autre, les hommes doivent apprendre à être indulgents ; la deuxième dit que celui qui sait endurer les épreuves avec patience en définitive gagne la félicité. En mangeant les raviolis que notre vieux avait mordus vous avez tous les deux fait preuve d'un tempérament de héros, voire de bonté et d'une certaine largesse d'esprit. Nous les vieux faisons des raviolis depuis toujours, aussi avons-nous accumulé une riche expérience, qu'il s'agisse de délayer la farine pour faire la pâte ou d'assaisonner la farce, en toutes choses nous avons acquis une habileté hors pair. Les raviolis que vous venez de déguster, comment les avez-vous trouvés ? Make et moi échangeons un coup d'œil, pour ensuite confesser que bien que le vieux ait sifflé tout le jus ce furent sans conteste les meilleurs raviolis que nous ayons mangés de notre vie. La vieille poursuit : tout à l'heure j'ai dit que c'était une farce à la viande de rat, en vérité c'était pour vous faire courir. Pensez un peu, où irait-on chercher de la viande de rat ? Ici on n'utilise tout bonnement pas de viande, ce dont on se sert c'est de tofu, du tofu on tire un goût encore plus savoureux que celui de la viande, de la même façon d'un radis on sera à même de tirer un goût de crevette, d'un navet un goût de sciène. Chez l'homme des siècles à venir, le désir de viande ira toujours grandissant mais de moins en moins il osera en manger, ce que le monde entier préconise aujourd'hui c'est la nourriture végétarienne et les cures d'amaigrissement. L'existence simultanée du désir de viande et d'un idéal de santé a déjà donné jour à une contradiction aiguë, cette contradiction n'atteint bien sûr pas la violence d'une guerre mondiale, mais en infiltrant sourdement des dizaines de milliers de foyers elle engendre une souffrance insupportable chez des millions d'individus. Nous, le vieux couple, de ce problème mondial ô combien épineux possédons la clé d'or, mais jusqu'ici nous avons été bien en peine de trouver l'âme loyale et honnête capable après nous de porter le flambeau de notre extraordinaire ! Trois cents ans à nous deux, hier sur mes doigts noueux j'ai fait le compte, j'ai su qu'aujourd'hui venait pour nous le moment de poser le hachoir, de s'asseoir et d'attendre la mort[32], et de voir partir avec nous dans la tombe cette habileté. C'est alors que le ciel a voulu vous laisser apparaître, vous, deux hommes de bien. La vieille plonge les mains dans le vêtement du vieux, en sort un cahier enrobé de papier de riz aux pages liées par de la ficelle de Xuan et ajoute : deux vies de labeur sont condensées dans ce cahier, ne nous décevez pas, mes garçons.

On se regarde Make et moi, je ne saurais dire quoi mais quelque chose me semble familier dans la scène, quant à lui, l'homme averti, je ne sais pas ce qu'il pense au juste. La vieille secoue la tête : on dirait vraiment que ça ne vous intéresse pas, ça ne fait rien, il ne faut pas se forcer, on ne vous oblige pas à accepter, le mariage libre, l'amour libre, on comprend tout à fait ces choses d'aujourd'hui, ne vous fiez pas à notre âge, on n'a pas le cerveau sclérosé pour un sou, on sait que les voies qui mènent à la fortune sont nombreuses, quelqu'un d'un tant soit peu doué n'irait pas s'embêter à ouvrir un restaurant de raviolis, à faire la manche déguisés en mendigots vous gagneriez bien plus qu'à rouler des raviolis, même à faire l'aumône travestis en moines vous gagneriez cent fois plus qu'à rouler des raviolis ; enfin si jamais vous comptiez rentrer dans l'administration, alors ouvrir un restaurant de raviolis c'est bien la dernière chose que vous ayez à faire. Elle pousse un long soupir, après quoi elle ajoute, allons le vieux, allume le feu et brûle-le ! Le vieux nous lance un regard affligé puis sort une boîte d'allumettes de sa poche, il s'apprête à en allumer une mais les allumettes semblent avoir pris l'humidité, l'une après l'autre il les gratte sans qu'aucune ne s'enflamme. Enfin le feu prend, la minuscule flamme entre en contact avec le bord du précieux grimoire, dans l'instant il va se consumer sous nos yeux. Soudain, je ne sais quelle pensée vient me traverser le cerveau, me voilà qui bondis hors de mon tabouret et qui arrache le grimoire des mains de la vieille. A peu près simultanément Make se jette à ses pieds, frappe fébrilement le sol du front et souffle : maîtres vénérés, veuillez accepter les hommages d'un disciple !

Je rends le précieux grimoire à la vieille, elle s'en libère auprès du vieux et tend les mains pour relever Make : relève-toi mon fils, dit-elle, assieds-toi un instant et laisse-moi te raconter l'histoire de ce grimoire. C'est d'un eunuque à la cour qu'il provient, cet eunuque était attaché aux cuisines impériales, à la suite d'un faux mouvement il brisa le bol en verre de l'empereur, sachant qu'ayant commis un tel crime il lui serait difficile d'échapper à une condamnation à mort, il emprunta les égouts et sortit à la faveur de la nuit. A cette époque on n'était pas encore dans les raviolis, on gagnait notre vie en faisant du tofu. L'eunuque fit irruption dans notre petite gargote, s'agenouilla à nos pieds et nous supplia de lui sauver la vie. C'était quelqu'un de chez nous au pays, de plus il apparut que nous avions des parents éloignés, aussi, bien que ce fût là encourir la mort nous décidâmes de le sauver. A l'aide de colle nous l'affublâmes d'une fausse barbe, nous échangeâmes ses habits contre des loques, lui donnant l'aspect d'un vendeur de tofu ambulant, enfin lui faisant engloutir un grand bol de bouillon de piments nous lui brisâmes la voix. Profondément touché, il extirpa ce grimoire de son vêtement et déclara : grand frère, grande sœur, c'est la vie que je dois à votre bonté et rien ne saura jamais exprimer assez ma reconnaissance, ce grimoire contient trente-huit recettes provenant des cuisines impériales, elles vous seront peut-être utiles, si c'est le cas, attendez quelques années et ouvrez un restaurant, si ce n'est pas le cas, jetez-le au fourneau, brûlez-le et n'en parlons plus. Comment aurions-nous pu accepter un tel présent, nous insistâmes pour qu'il l'emporte avec lui. Mais il dit que s'il parvenait jamais à s'échapper en toute sécurité il n'irait certainement pas ouvrir un restaurant de raviolis, mais bien plutôt se trouver quelque coin perdu où s'enterrer et passer le restant de ses jours… Maintenant que la vieille en a fini avec l'historique du grimoire, le vieux s'adresse à nous : jeunes gens, mangez donc tranquillement, lorsque vous aurez terminé, partez et ne vous occupez pas de nous, nous sommes initiés au qi gong, nous allons nous asseoir et quand nous nous figerons dans la mort nos corps ne se corrompront pas, en temps voulu il y aura des gens pour venir se charger d'eux, en aucun cas vous ne devez vous en mêler. Il jette alors le grimoire devant nous sur la table, sans façon, comme s'il s'agissait d'une chaussette usée. Mari et femme s'en retournent ensuite de compagnie dans la pièce intérieure.

Je ramasse le grimoire sur la table, le consultant avec d'infinies précautions. Les feuilles sont fortement collées les unes aux autres, on dirait une pile de galettes qui après avoir trempé dans une soupe auraient été mises à sécher. Les signes bizarroïdes dessinés sur ces pages moisies rappellent vaguement des imprécations de prêtres taoïstes. Je suis fondamentalement convaincu que ce couple de vieux est en train de nous monter un mystère attrape-couillon, c'est très en vogue aujourd'hui les mystères attrape-couillon, sans cesse on voit venir des gens vous soutenir qu'ils ont exhumé quelque vieux grimoire ou quelque vieux classique et dont le véritable but est de vous escroquer. Je n'irai bien entendu pas jusqu'à faire part à Make de pareilles pensées, je préfère laisser cette tête brûlée se bercer d'illusions, qu'il s'en aille vite, en général ce à quoi aspire le plus ardemment celui qui tient en main un précieux grimoire c'est à un endroit isolé où pouvoir jouir page à page de son trésor. Je lui tends donc l'objet, et tout en affichant un air empreint de grande religiosité, je souffle : et surtout, prends-en bien soin… Mais son visage se fend d'une affreuse grimace : alors aujourd'hui un livre sur la façon de faire les raviolis c'est un précieux grimoire, dit-il, ce monde contient décidément trop de grimoires. J'insiste : selon moi, ceci n'est absolument pas un livre sur la façon de rouler les raviolis, très vraisemblablement c'est quelque chose comme une carte au trésor, le mieux serait que tu l'emportes et que tu l'étudies attentivement. Que je le prenne ne servirait à rien, dit-il, tu sais pertinemment que mon niveau culturel n'est pas suffisant, prends-le donc toi, étudie donc, je sais très bien que tu as un niveau culturel très haut placé, qu'il en sorte quelque chose, que tu touches le gros lot, et le moment venu tu me donneras quelques piécettes, alors n'en parlons plus. Mais c'est impossible, dis-je, c'est bien toi qui t'es prosterné, c'est bien toi qui leur as donné du « maîtres vénérés », il est tout simplement déraisonnable, immoral de refuser. Si vraiment ce machin est valable, dit-il, tu accepterais de t'en séparer pour me le laisser, vraiment ? crois-tu que tu puisses me cacher l'étroitesse de tes vues ? crois-tu que je sois ici uniquement la tête baissée à manger des raviolis ? En vérité du coin de l'œil j'observe continuellement ton expression, et ces deux rides qui te pendent de chaque côté de la bouche disent amplement toute ta pensée. Vous les gens de la ville tous autant que vous êtes vous êtes des petits habiles, c'est-à-dire que vous êtes adroits mais sans intelligence, vous êtes intelligents mais sans clairvoyance, vous êtes clairvoyants mais sans sagesse, vous êtes sages mais votre pensée n'a pas d'altitude, votre pensée saurait prendre de l'altitude que vous ne sauriez toujours pas faire les imbéciles, alors que nous, nous qui comprenons les choses, savons faire les imbéciles. Aujourd'hui bien sûr on trouve des tas de grands personnages qui se plaisent à accrocher sur le mur cette calligraphie de Zheng Banqiao[33] : *N'est pas imbécile qui veut.* Mais toi, toi qui à l'origine es un imbécile de la plus pure espèce, voilà que tu te mets à ton tour à vouloir en devenir un ! J'avais un ancêtre qui tenait justement un restaurant de viande dans le district de Wei, lorsque Zheng Banqiao prit ses fonctions dans la ville, il ne se passa pas trois jours avant qu'il n'accoure chez nous manger du chien. Avec l'hiver et le temps neigeux du douzième mois, le trafic devenait difficile, et Zheng Banqiao de notre restaurant fit alors pratiquement sa maison, il y mangeait du chien et buvait du vin d'une part, il y dessinait et écrivait d'autre part. Cette drôle d'écriture inégale et tarabiscotée qui était la sienne fut très exactement inventée chez nous. A l'origine, ce qu'il avait le plus de mal à dessiner c'étaient les bambous, en particulier la feuille, si plus tard il apprit à les peindre et même devint maître dans l'art d'exécuter les bambous, c'est au séjour passé dans notre restaurant qu'il le doit. La chose se déroula un jour de grand matin, il était tombé une petite neige, les poules allaient et venaient dans la cour, imprimant partout sur le sol enneigé l'empreinte de leurs pattes. Zheng Banqiao venait justement de sortir se promener lui aussi, une fois de plus irrité de ne pas arriver à dessiner les feuilles de bambou, et c'est là, contemplant les traces de pattes imprimées dans la neige fraîche, qu'il fut soudain pris d'une illumination. Il s'accroupit à terre, examina avec soin, puis retournant en courant jusqu'à la maison chercher la concubine de mon ancêtre, lui demanda de bien vouloir ordonner au commis d'aller lui attraper un poulet dans les plus brefs délais. Une fois la bête en main, Zheng Banqiao lui appliqua les pattes sur la pierre à encre, après quoi il la laissa librement courir sur la feuille de papier de riz étendue devant elle. Il dessina ensuite quelques sections de bambous de façon à lier entre elles les traces ainsi créées, et produisit ainsi une œuvre saisissante de réalité dont l'exécution enlevée tenait tout autant de l'abstraction. Et c'est ainsi que Zheng Banqiao devint le grand maître du bambou. Il relate l'histoire dans un poème : « Quarante ans que j'erre à dessiner des bambous, peinturlurant le jour, réfléchissant la nuit. Mais voilà le mystère débrouillé tout à coup, des poules de basse-cour un matin m'ont tout dit. » Quant à la concubine de mon arrière-arrière-arrière-arrière-grand-père, qui vendait viandes et vins dans ce restaurant de chien, elle était loin d'être affreuse. A Zheng Banqiao, qui lui roulait des yeux de merlan frit, elle n'avait de cesse d'en faire de doux, tant et si bien que les choses finirent par prendre tournure. Au restaurant tous les commis le savaient mais pas mon arrière-arrière-arrière-arrière-grand-père à qui on cachait son infortune. Plus tard la concubine mit au monde un fils, qui à mesure qu'il grandissait ressemblait de plus en plus au peintre, mon arrière-arrière-arrière-arrière-grand-père devant qui sans détour on venait d'en faire la remarque déclara : à chose imbécile ma foi autant faire l'imbécile ! En entendant ce mot, Zheng Banqiao fut ému aux larmes, sur-le-champ il composa le « N'est pas imbécile qui veut ». Il le fit graver en lettres d'or sur une tablette, puis porter au restaurant de viande de chien où on l'accrocha au mur. Jamais je n'ai parlé de cette histoire à quiconque, mais en vérité nous appartenons précisément à la branche de cette famille issue du fils de Zheng Banqiao et de la concubine de mon arrière-arrière-arrière-arrière-grand-père, ce qui fait que je suis réellement le petit-fils de Zheng Banqiao à la dixième génération. Oui, nous sommes une véritable famille de lettrés, les descendants d'un homme célèbre, oui mon vêtement est en loques, mais il fut un temps où mes ancêtres étouffaient sous la fortune, oui mon vêtement n'est pas baigné d'encre, mais il fut un temps où mes ancêtres nageaient dans le savoir, sous Kangxi nous fûmes Grands Bacheliers des provinces, sous Qianlong Grands Bacheliers impériaux, alors s'il te plaît, n'essaie pas d'écarter le haricot de l'assiette !

Jamais il n'a été dans mes intentions de t'écarter de l'assiette, dis-je, maintenant que je sais que monsieur est petit-fils à la dixième génération de Zheng Banqiao j'oserais d'autant moins l'écarter de l'assiette, j'ajoute qu'en aucun cas je n'aurais pris monsieur pour un haricot, jamais, au minimum pour un pain à la vapeur, ou pour une grosse galette, plus certainement encore pour un de ces gâteaux condensés, vous en mangez un morceau et vous voilà l'appétit coupé pour trois jours. Puisque tu ne veux pas de ce grimoire, eh bien je le prends. Non non non mon pote, dit-il, puisque c'est moi qui me suis prosterné, puisque c'est moi qui ai donné du « maîtres vénérés », ce truc est à moi, le plus naturellement du monde, à moi et à personne d'autre, tu l'emporterais que ce serait déraisonnable, immoral. Je lui mets donc en main le cahier loqueteux en disant : prends-en bien soin, ne laisse pas quelque roi du kung-fu te le dérober, qu'on te prenne le grimoire ne serait qu'une petite perte, qu'on te prenne la vie voilà qui me peinerait énormément. C'est vrai, demande-t-il les yeux rougissants, tu serais triste si je mourais ? t'essayes pas de m'avoir ? mais pourquoi est-ce que ma mort te rendrait triste ? Les gens sont tristes quand meurt le petit chat, quand meurt le petit chien, jamais pour une personne, à moins que cette personne ne soit un parent proche, et même s'il s'agit d'un parent proche les gens ne sont pas tristes pour autant. Tu ne le sais peut-être pas, mais ces dernières années chez nous là-bas on a assisté à plusieurs cas d'homicides successifs, les fils tuaient les parents, les parents les fils, les femmes les maris, les maris les femmes, les grands frères les petits, les petits frères les grands, on a vu des beaux-frères tuer les frères cadets de leur femme, et les frères cadets tuer les maris de leurs grandes sœurs, oui tous ils tuaient, avec passion et sans discernement. Ne va pas t'imaginer que ces assassins et leurs victimes n'étaient que paysans et ignorance crasse, bien au contraire, les assassins comme leurs victimes à quatre-vingt-dix-neuf pour cent étaient tous cadres au district ou à la ville, et sais-tu seulement pourquoi ces gens s'assassinaient ainsi les uns les autres de façon aussi atroce ? Tu ne trouves pas, n'est-ce pas, je suis prêt à parier ma tête que tu ne trouveras pas, si tu devines je la prends, je me la coupe et je te la donne, libre à toi ensuite de la faire cuire comme une tête de porc, de t'en servir comme pot de chambre ou même comme ballon de foot dans lequel tu pourras shooter à ta guise… Arrête de faire durer le suspense, dis-je, je ne devine pas, et quand bien même je devinerais, crois-tu que j'aurais le cœur de te couper la tête ? Alors dis-moi le fin mot de l'affaire et abrégeons. D'accord, dit-il, je te raconte mais jamais à quiconque tu ne dois répéter ce que je vais te dire, pas même à ta femme, combien de héros ont perdu la vie pour avoir révélé leur secret à leur femme ! As-tu seulement entendu l'histoire de Liu Tigre Noir ? A voir ta tronche d'ahuri on devine tout de suite que tu n'as jamais entendu parler de Liu Tigre Noir ; alors avant de te dire le secret, en guise de préliminaire, laisse-moi te raconter cette histoire, qu'elle te serve de leçon en matière de protection des secrets.

Liu Tigre Noir est un lointain parent à moi parti jadis combattre au loin en Russie aux côtés du généralissime Wei Xiaobao[34]. S'étant conduit de façon exemplaire au combat, en guise de récompense il se vit offrir une concubine choisie par l'empereur lui-même. Puisqu'elle avait été choisie par l'empereur Kangxi, ce ne devait pas être un laideron, Liu Tigre Noir ne s'en lassait pas, partout où il allait il l'emmenait. Au combat, Liu aimait à user de gourdins, il en possédait deux, l'un grand, l'autre petit. Autrefois encore le petit était exposé au musée de la ville, épais, de la taille d'un homme, il devait peser dans les soixante-cinq kilos, combien pouvait mesurer le grand, ça je ne l'ai jamais su. On raconte que Liu avait une habitude, au début il commençait toujours par prendre le petit, il attendait que le combat atteigne la centième reprise au moins, moment où l'ennemi est brisé de fatigue, et là, pris d'un regain d'énergie, cravachant son cheval à tour de bras, retournait échanger son gourdin contre le plus grand, il semblait alors qu'il le maniait avec plus de dextérité encore que le petit. Les soldats ennemis s'imaginaient qu'il avait le diable avec lui et presque tous reculaient d'effroi. C'est grâce à cette ruse qu'il remporta de nombreuses batailles. Il y avait un général russe, un homme intelligent, doué d'un esprit scientifique et pas du tout superstitieux qui, se demandant comment faisait Liu Tigre Noir pour avoir de plus en plus de vigueur à mesure que le combat durait, acheta son pesant d'or la concubine, l'invitant, s'il y en avait un, à chercher à savoir le secret. Une nuit où elle avait couché avec Liu, puis l'avait fait boire, la concubine attendit qu'il soit dans un état de confusion avancé et lui demanda : mon prince, comment se fait-il que vous vous serviez d'abord du petit gourdin, et seulement ensuite du grand ? Mon amour, dit Liu à voix basse, en vérité je trompe tout le monde, quand vient le moment de changer de gourdin je n'ai déjà plus de forces, et ce grand gourdin est creux, en réalité il n'atteint pas la moitié du poids du petit. Ce secret tu ne dois le révéler à personne, s'il t'arrivait de le raconter et que cela tombe dans les oreilles de l'ennemi, c'en serait fini de ma vie. La concubine lutta près d'une demi-journée puis finit par parler. Quand au combat suivant advint le moment où Liu sentit la fatigue, comme à son habitude il fit de l'esbroufe et cria à tue-tête : compagnons, soulevez-moi donc le grand gourdin ! Au moment où il prenait possession de l'arme, l'ennemi regroupé avançait sur lui, et c'est une main légère qui eut raison de la tête de Liu Tigre Noir. Tu comprends pourquoi aux femmes, même à la sienne hélas, il est hors de question de raconter ses secrets.

Maintenant que je t'ai fait la leçon en matière de protection des secrets, je peux t'en raconter un. Si chez nous au district ont eu lieu plusieurs dizaines de meurtres en série, dont la plupart perpétrés entre gens du même sang, c'est que tous se disputaient un grimoire, ce grimoire se trouve entre les mains d'un vieux couple tenant un restaurant de raviolis qui à eux deux réunis doivent bien avoir dans les trois cents ans, ils ont autrefois sauvé un eunuque échappé du palais impérial qui pour les remercier leur en aura fait don, ce grimoire aux pages nouées avec de la ficelle de Xuan, recouvert de papier de riz et rempli de signes bizarroïdes auxquels les non-initiés ne comprennent rien, en vérité est une carte au trésor. Tu vas certainement demander de quel trésor il s'agit, je vais te le dire, il approche la bouche de mon oreille et dit à voix basse : ce trésor repose au cœur de quatre boîtes imbriquées les unes dans les autres. La première boîte, extérieure, est en bois de santal, à l'intérieur se trouve une autre boîte en bronze, qui elle-même contient une boîte en argent, qui à son tour renferme une boîte en or pur, la boîte en or pur abrite une bouteille de verre, et ce que la bouteille de verre recèle enfin, c'est une moustache follette.

NOTES

1. *Chanson de Jeunesse*, roman révolutionnaire de Yang Mo.

2. « Paysans moyens-pauvres »: si l'on s'en tient à la classification due à Mao Zedong, « propriétaires, paysans fortunés, paysans moyens, paysans pauvres », l'appellation englobe les deux derniers, aujourd'hui elle est généralement employée pour désigner les gens les plus pauvres qui soient, les miséreux.

3. Lei Feng, le camarade modèle, héros de la révolution prolétarienne, prétendait qu'accomplir une bonne action était plus jouissif que de manger holothuries et ailerons de requin.

4. Liang : 50 grammes.

5. Tiré d'une litanie du buveur de bière, la traduction est incapable ici de rendre le jeu de mots basé sur l'homophonie des mots « abject » et « paroi du verre ». Ça ne vole effectivement pas bien haut, registre où la langue française elle aussi a de la ressource.

6. *San Zi Jing* ou *Classique des Trois Caractères*, manuel de morale élémentaire pour les enfants attribué à Wang Yin Lin (1223-1296), un confucéen de la période des Song du Sud. Suite de petits aphorismes entièrement écrits sur un module de trois caractères extrêmement faciles à mémoriser, dont le plus célèbre est celui qui ouvre le recueil : « En naissant le caractère de l'homme est naturellement bon. » Le

mot du narrateur peut se résumer ainsi : c'est aussi plat que d'aller raconter Babar devant la porte d'Homère, réciter son catéchisme devant la porte de Platon, etc.

7. Chen Shimei : célèbre personnage de la pièce *Qin Xianglian*. Située sous les Song, écrite sous les Qing d'après une pièce Ming, *L'Histoire du luth*, la pièce qui appartient tout autant au registre de l'opéra de Pékin qu'à celui de divers autres opéras locaux comme celui du Sichuan, raconte l'histoire de Chen Shimei qui, après avoir juré fidélité à sa femme Qin Xianglian, part pour la capitale passer les examens. Reçu premier, il se fait passer auprès de l'empereur pour célibataire, celui-ci lui offre sa fille en mariage. Après le mariage, le désarroi de Qin Xianglian émeut le juge Bao Gong, autre personnage célèbre (*Les Cas criminels du juge Bao*), qui dénonce et fait inculper Chen Shimei. Ce thème de l'abandon de sa femme par le jeune lauréat qui monte à la capitale est fréquent dans la littérature chinoise, voir plus près de nous, très près de nous même, l'écrivain chinois en langue française Shan Sa et son roman *Les Quatres Vies du saule*. Par antonomase, le petit peuple dit aujourd'hui « c'est un Chen Shimei » pour « c'est un traître et un arriviste ». Quant à Liu Jiemei, si toutefois il existe, il n'appartient à aucune mythologie connue.

8. « Les diables japonais du 731e régiment » : régiment qui pendant l'occupation japonaise pratiquait des expériences chimiques sur des prisonniers chinois vivants.

9. La deuxième fille Xun : personnage du roman *Au bord de l'eau*, elle hache menu ses ennemis pour en farcir des petits pains à la vapeur qu'elle donne ensuite à manger à ses clients.

10. Lü Zhishen : personnage du roman *Au bord de l'eau*, visage patibulaire, force surhumaine (il arrache un saule pleureur à la main), mais un cœur d'or et une loyauté sans faille.

11. Le supplice de la planche à tigre consiste à faire asseoir le supplicié droit sur un banc, jambes étendues sur la longueur de la planche, puis à lui attacher les genoux et à lui glisser briques sur briques sous les chevilles, cela de

plus en plus haut, jusqu'à ce que ça casse. C'est un célèbre supplice que les soldats du Guomindang se plaisaient à infliger aux partisans communistes. On murmure qu'il serait encore en pratique aujourd'hui sur le continent.

12. Farine Fuqiang : farine extrêmement fine, de très bonne qualité, encore produite il y a peu.

13. Enveloppes rouges : enveloppes dans lesquelles on glisse de l'argent et que l'on offre au moment des fêtes du Nouvel An, ou à l'occasion d'un mariage, etc. Par extension, désigne les pots-de-vin.

14. Lapin : couard ; l'insulte désigne encore un garçon qui se prostitue.

15. Les « troupes de retour » : les possédants, ceux dont les biens ont été distribués par les communistes, reviennent une fois que le Guomindang a repris le terrain, ils sont alors particulièrement durs avec le petit peuple. Ils s'enfuient à nouveau lorsque les communistes reviennent et ne reviendront définitivement que lorsque tout le pays sera rouge, faute d'endroit où aller.

16. Littéralement, « chanson de voyou », c'est ainsi qu'on appelait les chansons un tantinet sentimentales et considérées comme malsaines pendant la Révolution culturelle. Ainsi les chansons bien inoffensives de la Taiwanaise Deng Lijun, qui aujourd'hui font figure de classiques, furent carrément étiquetées « de couleur jaune », soit pornographiques, et les Chinois du continent devaient les écouter en cachette.

17. C'est d'un plat qu'il s'agit, les « boulettes des Quatre Bonheurs », quatre boulettes de viande différemment assaisonnées, auxquelles Mo Yan avec désinvolture rajoute un bonheur supplémentaire.

18. Le Vieux Bouddha : l'impératrice Cixi (1835-1908).

19. Li Lianying : eunuque célèbre au service de l'impératrice Cixi.

20. En signe de révérence et pour prendre congé, ce petit « *zha!* » accompagné d'un mouvement de manche était en usage à la cour sous les Qing et, d'une façon générale, devant tout maître ou supérieur hiérarchique.

21. Yuan Shikai : une des plus importantes figures politiques et militantes du tournant du XXe siècle, longtemps protégé de l'impératrice Cixi, chef des armées du Nord, il chassa les Boxers du Shandong. A l'avènement de la République, c'est à lui que Sun Yat-sen se vit contraint de céder la place à la tête de la jeune République chinoise. Accusé entre autres d'avoir fait trop de concessions aux Japonais, il n'est pas particulièrement aimé des Chinois.

22. La tradition taoïste prête à l'individu trois âmes et sept esprits.

23. Bébé Ginseng : personnage d'une fable enfantine que l'on voit aussi apparaître dans le roman *La Pérégrination vers l'ouest*. Sorte de racine de ginseng animée, il a la forme d'un homoncule, en plus drôle. Très convoité pour sa chair qui est censée conférer l'immortalité, il est insaisissable, à moins qu'on ne l'attrape par les cheveux.

24. Il semble que ce gars du Shandong ne soit pas le premier dans la région à avoir établi un rapport entre ses géniteurs et le couple chien-cheval. En se prêtant au parallèle, et bien qu'il insiste à sa façon sur la différence entre ces deux groupes de mammifères, le texte ci-dessous a parfois chiffonné les commentateurs de Confucius : « Zixia demanda en quoi consistait la piété filiale. Le Maître dit : "De nos jours, quiconque assure la subsistance de ses parents passe pour un bon fils. Mais on nourrit bien les chiens et les chevaux : à moins d'y mettre du respect, où donc est la différence ?" » (*Les Entretiens de Confucius*, II. 7., trad. P. Ryckmans). Le passage qui va suivre montre à quel point la vieille n'est sans doute pas insensible aux liens qui unissent ce type de clairvoyance et la pensée confucéenne (une fois alliée à l'habileté taoïste).

25. Plus loin aussi appelé le Saint Homme, Yan Shenggong est censé faire partie de la famille des descendants directs de Confucius qui, de tout temps, habitent le village natal de celui-ci, à Qufu près de Jinan au Shandong, où lui est dédié un temple. Son ami le prêtre taoïste Zhang Tianshi, ou Mage Zhang, emprunte son nom

à l'un des fondateurs du taoïsme sous les Han de l'Est (25-220). Le couple formé par ces deux personnages, le confucéen et le taoïste, incarne ici l'immuable de la tradition chinoise. L'association du même « Mage » Zhang et du « Saint » Confucius avait déjà été faite par Lu Xun à la veille du mouvement du Quatre Mai (1919), mais cette fois-ci pour fustiger le conservatisme venu du Shandong dont faisait preuve une partie des lettrés face aux réformes.

26. « Salopard », autre acception du mot *wangba*, conviendrait sans doute mieux, mais il manquerait au mot français ce caractère sexuel indispensable en Chine à toute insulte véritablement cruelle. La plaisanterie de Yan Shenggong vient de ce que *wangba* désigne tout autant ce genre d'individus que la tortue molle, ou tortue d'eau douce (*bie*). La tortue (aussi appelée *gui*) prête à toutes sortes de plaisanteries de ce type ; sans doute est-ce dû aux propriétés médicales que l'on prête à un animal doté d'une extraordinaire longévité, plus certainement encore est-ce par analogie entre sa tête rétractile et le pénis, « tête de tortue » (*guitou*) étant par ailleurs le terme couramment employé pour désigner le gland.

27. Mur-écran : muret situé à l'intérieur de la cour au-delà de la porte d'entrée, et censé faire barrage aux démons ; quoi qu'il en soit, il forme une bonne protection contre le vent.

28. Situé près de Suzhou dans la province du Jiangsu, le lac Tai laisse tranquillement émerger une série d'îlots, dont l'un des plus célèbres porte ce nom d'îlot Tête de Tortue. Ici le caractère utilisé n'est pas *bie,* comme on l'a vu à la note 26, ni *gui*, le plus couramment employé (le caret), mais *yuan* qui désigne la grande tortue marine. Le rapprochement qu'effectue le narrateur est basé sur l'homophonie des caractères qui tous deux se prononcent *yuan*. Si on veut aller plus loin : *yuan tou zhu* : tortue + tête + îlot est strictement homophone de Yuan (Shikai) + tête (effigie) + fonte (pièce de monnaie), soit les pièces à l'effigie de Yuan Shikai fondues au début de la République.

29. Célèbre citation de Deng Xiaoping.

30. Neuf coups de tête, ou coups de front au sol.

31. Kang : lit de briques chauffé par-dessous.

32. Il s'agit d'une pratique bouddhiste. Sentant le moment venu, le moine s'assied en tailleur, et au moyen d'une méthode de méditation qui inclut un travail sur le souffle (qi gong), se détache petit à petit pour avancer immobile dans la mort. Il n'est pas absent, il se sent paisiblement partir, enfin le corps ne se corrompt pas. Que sa conservation soit due à la pratique elle-même, à l'emploi d'herbes antiputrides placées autour du sujet, ou encore au fait que celui-ci a pris soin de se délester de toutes les sécrétions qu'il abritait (longtemps il a séjourné à la selle, il a craché, il s'est mouché, etc.), il existe des cas avérés de corps conservés en parfait état. Parmi les rares reliques échappées au zèle des Gardes rouges, le mont Jiuhua dans l'Anhui abrite aujourd'hui encore le corps d'un de ces « bouddhas incarnés » (*roushen pusa*) dont l'esprit s'est écarté sous les Tang, il y a de cela mille deux cents ans, ou encore le temple Huanan à Canton, où le corps du célèbre moine-philosophe Huineng, lui aussi figé sous les Tang, est là pour attester le peu de transformations qu'offre à contempler la vie quand on lui substitue la mort. « Pourquoi provoquer la poussière ? » (pourquoi vouloir seulement qu'il y en ait) écrivait-il encore de son « vivant ». Moins connus, faute d'avoir été recensés, mais sans doute beaucoup plus nombreux encore seraient les cas de moines tibétains ayant pratiqué cette sorte de disparition assise (*zuohua*), comme à Xinglong au Gansu où un monastère abrite le corps d'un moine de mille ans à qui l'on fait encore régulièrement la toilette.

33. Zheng Banqiao : de son véritable nom Zheng Xie (1693-1765), poète, peintre et calligraphe, célèbre pour ses peintures de bambous et le style de caractères qui lui doit son nom, connu aussi pour son livre d'éducation morale écrit sous forme de lettres adressées à ses parents et amis. Toutes sortes d'anecdotes étranges circulent sur ce personnage à part, qui fut souvent compté au nombre de ceux qu'on a appelés les Huit Excentriques de Yangzhou, et qui,

lorsqu'il était fonctionnaire en poste au district de Wei, poussa le culot jusqu'à chercher à faire le bien du peuple, ce qui lui valut d'endurer la calomnie et la mise à pied. Entre autres anecdotes, celle-ci qui veut que sans cesse en activité, obsédé par la calligraphie, son doigt toujours à l'exercice le soir encore n'en finissait jamais de parcourir les circonvolutions de l'oreiller. Une nuit le doigt s'égara et s'en alla tracer jusque sur le corps même de sa femme endormie ; celle-ci agacée lui lança : « N'as-tu pas ton propre corps que tu viennes ainsi dessiner sur celui des autres ? », ce qui eut pour effet de l'exciter plus encore ; elle venait de lui donner l'idée de créer son propre « corps » de caractères, c'est-à-dire son propre style. Comme Mo Yan le précise au début de la nouvelle, il n'y a pas ici une seule parole vraie, mais les deux anecdotes qu'il cite à propos de Zheng Banqiao ressemblent étrangement aux légendes qui courent sur celui-ci, comme du reste toutes les autres petites histoires de ce texte, qui lorsqu'elles ont trait à un fait ou à un personnage célèbre ressemblent beaucoup à ces « biographies » chinoises où la vie du personnage sans cesse réécrite, et donc sans cesse imitée et déformée, gagne toujours en richesse et peut-être même en authenticité, même si on arguera qu'il s'agit là d'une authenticité un peu particulière.

N'est pas imbécile qui veut : à l'aphorisme de Zheng Banqiao dont voici le très célèbre exergue, il n'est guère possible de proposer de traduction littérale. Quand quelqu'un à Pékin, Canton ou Chengdu dit : « Je suis vraiment *hutu* », ce qu'il veut signifier c'est qu'il est dans le coltard, à la masse, ou qu'il fait gaffe sur gaffe. Mais le mot *hutu* désigne encore une quantité d'états qui vont de l'imbécillité en passant par l'hébétude, l'abrutissement complet, le vague, le confus, le trouble, jusqu'à suggérer un écart au monde, un manque de conscience, voire un refus de conscience, une volonté déterminée de ne pas rentrer en intelligence avec les réalités trop concrètes de la vie et les mesquineries et les horreurs que celle-ci engendre. Cette dernière interprétation du mot, la plus extrême, c'est précisément sous l'éclairage de l'aphorisme de Zheng Banqiao qu'elle prend tout son sens: « N'est pas *hutu* qui veut. Il est difficile d'être intelligent, plus difficile d'être *hutu*, plus difficile encore de passer d'intelligent à *hutu*. Lâcher prise, se retirer, immédiatement apporte paix et plénitude, et cela bien mieux que les louanges et les distinctions. » A « imbécile » on peut préférer les mots « confus » ou « abruti », ils conviendraient à peine mieux, il leur manquerait encore ce sel qu'on trouve en français dans la locution « ne fais donc pas l'imbécile », adressée à quelqu'un qui est parfaitement au courant d'une situation mais qui fait semblant de l'ignorer par commodité. L'idée qu'un peu de bêtise est un encouragement à la sagesse est particulièrement présente dans les dits du bon sens chinois, comme en témoigne la grande quantité de proverbes qui tournent autour de cette idée, au point parfois de nous faire penser qu'on y célèbre l'abrutissement général. C'est pourtant d'un état qui est bien plus de légèreté que de lourdeur dont il est question. Il ne s'agit pas d'être *hutu*, mais bien de *faire* le *hutu*, c'est tout le propos de Make. Trop d'intelligence nuit, disait le poète, Zhuang Zi prônait l'absence et Confucius le milieu, le refus des extrêmes. Si les dictionnaires et manuels philosophiques ignorent toujours curieusement *hutu*, une littérature plus hétérodoxe par contre, comme ces manuels qui vous apprennent à « *faire* un homme » (*zuo ren*) et qui savent, eux, lui faire une place, connaît aujourd'hui de beaux jours. On parle même de science *hutu*; parmi toutes sortes de publications, la dernière édition du livre de Zheng Banqiao (en langue classique accompagnée d'une traduction en langue moderne) se voit même surtitrée du slogan « La réussite par le *hutu* ».

34. Wei Xiaobao: personnage d'une des œuvres du plus célèbre auteur contemporain de romans de cape et d'épée, Jin Yong.

Achevé d'imprimer par
l'Imprimerie France Quercy, 46090 Mercuès
N° d'impression : 21821 - Dépôt légal : octobre 2012

Imprimé en France